歌集

二十一世紀君はしあはせか

田村富夫

現代短歌社

目次

歌集　二十一世紀君はしあはせか

大腿骨骨折騒動

二〇〇九年十月十七日に自転車転倒

序曲

町廃《すた》れ自転車を駆る老いの坂上りゆらゆらどこへ行くやら

自転車を漕がば漕ぎてむ漕ぐべけれ漕ぐ男《を》こそ漕げ懸命に漕げ

ゆれゆれて漕げる自転車買ひ荷載せ老い漕ぐ街に店舗はしぐれ

雪解けの街路樹の路ケーズデンキ、長椅子《ベンチ》にひとりココア飲む日も

*

長歌

生くべくば　死すべからざる　死すべくも　生くべかりなむ　生きぬべし
死ぬべき日々も　生くべかる　死なずべければ　生くるなりけり

反歌二首

災難に逢ひ、死ぬ時節には、逢ひ、死ぬがよく候《そろ》と良寛さんは

どつこい、老いらは生きてるよ、生きるも苦良寛さんに逆らひ生くか

転倒　（タクシー代ケチり自転車陥るは自宅食料運搬の咎《とが》）

重心の高き買ひ荷は降《お》り際に自転車もろともわれを倒せり

よそ事を思ふ一瞬大腿骨折るる油断に見舞はる、不覚な

目の前に家のガレージ立つものの五センチの距離手の届かずな

（身動きがとれず横臥し空を見る流れる雲見るモードに入る）

戦場に倒れし兵に重ねゐるふつと置かれし状況忘れ

（ガレージを叩かば妻の出てくるも届かず隣人声かけてくる）

声かくは挨拶もせぬ近所の男《を》自転車起こし妻呼ぶやさしさ

（妻の開《あ》け絨毯《じゅうたん》敷けるガレージにうつぶせに寝て一呼吸する）

意を決し立たむとすれば左脚は底なし沼に沈む軟体

（匍匐《ほふく》して土間這ひのぼり廊下をも一寸刻みに居間へとたどり）

ネットにて症状調べ入院の支度をさせて救急車呼ぶ

救急車

（義姉《あね》、妻に付き添ひし救急車今日己れをゆだね横たふるも）
担架より妻の知人に「家内のこと頼みます」その家内付き添ひ

（救急の指揮執る長《をさ》は頼もしくのちの日までも妻いたく褒《ほ》む）
高校で国語をわれに習ふといふ国語でなにを教へたのだらう

宣告

手術は四日後、長さ十七センチほどのチタン材の骨頭—頭部が小さく大腿骨に差し込む部分が細長いやや「こけし」に似た形とも言へるか—を入れることになる。

（大腿骨折れしは頸部、骨頭は血が通はねば腐ると言はれ）

骨頭をチタンに替へる恐ろしきことを言へるよ俎板《まないた》の鯉か

（執刀医青森高校出身と、太宰・寺山・三浦哲郎も）

妻の膝の三浦医師《執刀医》良かりき同姓の医師わが執刀すとて現る

清拭《せいしき》の四人のナースを前にして「携帯はどこのメーカーのがいいの」と訊く。バカげてかなしい。

清拭に「天国のやうだ」とバカを言ひ、はしやぐナースもつい場違ひに

（ナースらの作業の合間の話し声修学旅行の女子高生めき）

「離婚後に子供を抱へ准看に」ひつそりとせるナース語りて

年長《た》ける男性看護師病院の経営実態嘆き語りぬ

麻酔科医とナース

（説明に心籠《こも》れる麻酔科医に面賢《おも》げなナース笑み副《そ》ふ）九年前、胃全摘の手術時に詠んだ歌。その時の村川医師が今回も麻酔担当医として姿を見せる。驚き、なんともいへぬ嬉しい気持ちになつた。

九年前胃全摘時の麻酔科医すつと現る笑顔変らで

（九年前手術時に聴く音楽のトラブル話せばナースうなづき）

麻酔科のナースは別人、偶然か賢くかつ美人でもある

手術日の朝

手術日、妻は自分の抱へた数種の病のため早朝から来院。そこで一度妻を帰宅させ、休息、睡眠をとらせた上、午後の手術に間に合ふやう再度来院させたいとナースに頼む。だがナースは、必ずしも定時に手術が始まるわけではないので、いつ始まつてもよいやうにずつと病院に待機してゐてほしいと言ふ。今回の整形外科には若いナースが目立ち、九年前の内科とはだいぶん様子が違つた。たぶん体力勝負といふこともあつたのだらう。しかも多数のナースが、インフルエンザ予防のマスクをかけてゐて、個々の人となりが見えてこず、いろいろと齟齬《そご》をきたす一因ともなつてゐた。

早朝より妻院内に来て回《めぐ》る眼科、整形、精神科などを

手術時に身内ゐてくれとナース言ふ二重遭難に巻き込まれむか

（院内に妻待機せよ、いつ始まるか分からぬ手術時まではと）

手術への同意書すでに出してをりリスクも知りて委ねしものを

（ナースは仕事に忠実にわれは妻に倒れられてはと思《も》ふ、譲れぬ）

身内ゐぬ人もゐよやに独り身の増えゐる時代になんと固陋《ぐわんこ》な

（ナース欠く医師に確かむる一言を、定時の手術に妻間に合ひて）

わが意向からく通じて医師午後からの来院でよいと言ひくる

この時ゆわがままなぢぢいとはなれナースにはナースの立ち場

（かかる時医師むしろ融通《ゆうづう》ききナースはおほむね杓子定規よ）

いよいよ手術

（間に合ひし妻ストレッチャーの脇に立ち浮き浮きとせるわれ身横たへ）

「天国に行くやうだな」など麻酔打たぬに酔へるやう、をかしく浮かれ

（「火葬場の窯《かま》口に入るやうだな」と言へば美人ナースは唇《くち》に指当て）

照明灯シャンデリア照らす宮廷の一室めけるオペ室に入る

（「一番クリーンなオペ室確保しました」など医師の声々明るく）

モーツァルト・メヌエット流れナース「村川先生の選曲ですよ」

ストレッチャー、モーツァルト鳴り囲む医師ナースら天使天女とも見え

手術無事に終ふ

手術後、執刀医の三浦医師に手術の詳細を訊く。私のしつこい問ひに耳を傾け、一老患者の疑問を煩しいとせず、丁寧に説明してくれる。少壮の三浦医師の人柄と人物に信頼、敬愛、親近感を覚える。

両脚の長さ測ればぴつたりとなんと名人三浦甚五郎

病室に朝の放送《スピーカー》「小鳥」鳴き痛みに耐へし長き夜も明け

街路樹も紅葉しぐれケーズデンキ七病窓に遠い春、夏

（病棟下小学校は童話めき勉強するリス鬼の子もゐて）

豆粒の生徒と先生グランドに全教室は窓ひつそりと

（秋日和一年生も勉強か二、三、四、五、六年生勉強中）

小学生のころ、家族の者から頭の形が「蔣介石のあたま」に似てゐる、金柑頭《きんかんあたま》、マッチ棒みたいな頭だと、からかはれてゐた。

遡《さかのぼ》り七十二年掻き分けて金柑《きんかん》頭の二年生《トミオ》を尋《と》めばや

太平洋戦争に入つた翌年、青島《ちんたお》市でも国民学校では、昼食時「箸とらば天地《あめつち》御世《みよ》の御恵み君と親とのご恩味はへ」などと唱へ、「いただきます」と一斉に箸をとる。級長をやらされてゐた私がその音頭を取つたが、「ハシトラバ」の音頭は、ただがなつてゐたやうな記憶である。男子の一部からタムトミとよばれ、秋田県出身の担任に父と同郷といふことで、贔屓《ひいき》されてゐた節のある六年生のときのことである。

昼食時「箸とらば」などタムトミよ六年一組がなつてゐまいな

（ウツ病《や》める妻に頼らる、わが留守の家の恋《こほ》しきとく帰らなむ）

頼るなき脚のたたかひひそやかに夜半《やはん》ベッドに屈伸ぞする

＊

血栓の防止縛帯緩めるは「この人だけよ」と声浴びせらる

八年前に遡れば

この骨折の年より八年前、私を襲つた顔面神経麻痺は不治であると、担当の耳鼻科の医師に言はれたが。

ひそやかに自己流になるマッサージやがて回復の兆《きざ》し現れ

（測定の機器はないと医師言ふに納めし営業マン機器あると述ぶ）

現れし測定の機器、麻痺の治癒率高きを示し医師やや唖然

患者には患者の知恵も意志もあり病《やまひ》の癒ゆる展望までも

（断言す麻痺治らぬ、測定の機器もないとふ医師いたく過《あやま》つ）

杖をつかずに歩行ができる

手術後五日目にやつと療法士によるリハビリ開始（もつと早い予定だつたが、連絡などに手違ひがあり）。リハビリは遅れたが、驚くことに、リハビリが始まつて三日目（初日は車椅子の扱ひだけだつたので、実質的なリハビリに入つてから二日目）には、杖を使はなくても歩行ができるレベルになつてゐた。これは骨折してから十一日目、手術後七日目のことになる。ナースに咎められながら、深夜もひそかに脚のトレーニングを続けた成果もあつてのことか、本人は無論、医師も看護師も驚く。

インパルスはづして脚を動かすやう療法士言ふ三日目にして

（脚首に巻かるる器具のインパルス低く唸れる血栓防止に）

（「インパルスの働き知つてるの」厳しきナース、療法士に諮《はか》らず）
インパルス外《はづ》すを咎むるナースゐて外す時は退院のときよと
（左脚真つ直ぐになり手術せぬ右脚もとのままの「がに股」）
接ぎし脚真つ直ぐすすむを右の脚角度違ふとごねて歩める
（切断しチタンに接げる脚ははや七日目にして立ちて歩める）
術後八日、ナースステーション回廊をはじめて歩む杖をつかずに

次つぎと声あげナース現るる「車椅子のレベルよ」などと叫びて

一周のをはりのころに車椅子走り運ばるる優しき幕引き

本当に一寸先のことは、神でなくては判断できないことばかりで、ナースのつぶやく通りである。

インパルスに酷《きび》しきナースふつと「神さまでないからわからないわよ」

おかげさまで歩けますよ杖要らないわねナースもひともいろいろ

（九日目杖をつきつき二階より七階までをつひに上りぬ）

先生と看護師さんのおかげですタムラさんの力ですよなど男性看護師も

仏足石歌体で。

同室者

病院には母校や、かつての勤務先であつた三校の高校の卒業生がいろいろな所にをり、同室の患者の中にもゐた。

青年、花田君（仮名）もその一人。

飛び込めと幻聴を聞き陸橋より三度飛びたる青年もゐて

幻聴は単純なれどそを聞くにいたる経緯は複雑ならむ

幻聴のままに行動、即複雑骨折、現実は明快にして

青年はナース一人ひとりを採点し自然《ナチュラル》に打ち明けもする

不快でもまんざらでもないもありわれも青年に話題《はなし》合はせて

ああ元女子高の教師われ特定・選抜し、褒め励ましなどす

「仕事ができるはまあまあな、最上《ベスト》は患者の話聞けるナース」と

ひっそりと聞くナイーブな若いナースにわれややともすると図に乗り

「バレー部ではキャプテンにもなれなかつた、今も管理職には遠いの」と言ふ

「管理職目指すひとより患者に評価されるナースが一番」などと

病棟も拠《よ》るところあればそこそこに政治の力学働く場となり

患者勢《いきほ》ひづき「癒《なほ》すのおめだちの仕事だべ」など雄々《をを》しきも現れ

同室の富樫氏。

雄々しきはわれと同年富樫とふ波乱万丈人生《ひとよ》なるはも

少年期花岡に見し中国人強制連行忘れえざると

同年の中学生の石投ぐを咎めて水を汲みて飲ますと

特別年少兵のことはあまり知られてゐないが、十四歳からの志願兵が募られ、三千数百名が戦死したと言はれる。今井正監督は「海軍特別年少兵」で、硫黄島で戦死するまでの特年兵の姿を描いてゐる。

海軍特年兵への勧誘を拒みて校長を困らせしなども

子守をし鉄工所では屑鉄拾ひリーダーとなり十代過ごし

家の米盗みて汽車に飛び乗つて日立の土木作業員へと

畚《もつこ》担《かつ》ぎを飯場仕切れる親分と勝負を賭けて富樫君勝ち

その後は約束違《たが》へず親分も飯場の衆も富樫君を立て

同時代共に生き来て馬車、川原、田畑、トロッコわれに遠かり

細君と姉弟六人健在に、息子、娘に日ごと見舞はれ

肩を傷め手術とはなる歳月にモッコかつぎもトロッコ押しも

タムラが富樫氏に進呈したチョコレートについて、ナースが咎めるといふ一幕、三首。

「チョコレート、どうしてあるの手術前食べてはいけないと言ってたでせう」

「すみません僕が上げたの、手術後の楽しみにしてとっておいてね」

声音《こわね》変へナース「さうね手術を終へるまで楽しみとつておくのね」

五年生鬼と化したる応援歌転校生は口パクパクさせて

同室に林氏も。

林氏、四、五歳ほど年長者かと思つてゐたところ、旧制中学時代の四年後輩とのこと。林氏と話しながら、三年生の三学期、青島中学校から大館中学校に転校してきた当時のことが思ひ出された。大館中学はバンカラできこえてゐたが、応援歌練習はまさに地獄で、上級生は権威を見せるのはこのときとばかりに怒鳴り散らす。平生の言葉も理解しにくい上、威嚇の必然性からこの地方のもつとも乱暴粗野な言葉があちこちに飛び交ふ。さらに応援歌は歌ふよりがなるのである。無茶苦茶な話である。しかも傍まできて口の開き方をのぞきこみ、ごまかしてゐようものなら恐ろしい一喝（「君が代」について、最近日本の学校で起こつてゐる状況は、このことを思ひ出させる、子供つぽい野蛮なことである）。転校生に歌詞など分かるはずがない。口をパクパク開けてごまかすのは一種の芸であつた。最上級の五年生になつても、応援歌練習の時には、ふだんやさしい同級生でさへ恐ろしい者に変貌したかに見えたものである。そのころの大館中学校（現在の大館鳳鳴高校）の応援歌の様子は、三年下級の阿部牧郎氏の「それぞれの終楽章」にうまく描かれてゐる。

名前聞き、下級生らを庇ひつつ励ましゐたるタムラ先輩かと

知らざりきバンカラ秀才ひしめくに五年生タムラやさしかるとは

握手をし涙し林氏退院す花田君と共に校歌うたへば

遡り、廊下にて

七階の宵の窓辺に小母さん《オガサ》現《あ》れ感傷をして声掛けもして

小母さん《オガサ》声掛け「をどさん《オドサ、》ずいぶん《ガンダ、》痩せてるな《ヤセテラナ、》飯《メシ、》食べてるか《クッテラガ》」いやはや

血栓防止《ソックス》に縛られてゐる痩せ脚に目を向け評価するはなにごと

少年期《そのむかし》「ご飯済みましたか《ニーチーファンロォマ》」中国の品よき小母《ターマー》さん挨拶するも

看護、介護、清掃のひとたち

九年経ち介護の質も高くなり仕事の負担もさらに重きか

若いナース、介護の小母さん、そして悲願のトイレへ。

「明日にして」若きナースに断られベッドを上げるは諦めかけて

見かねたる介護の小母さん初挑戦、車椅子乗りたちまち成就

新館のひろびろとしたトイレ内、自由かちえし人間とはなる

若いナース再び現れ。

「なに書いてるの、さつきの私のこと書いてるのね」さすが気にして

介護の小母さん。

息を切らし次から次への車椅子介助作業も寧日はなく

清掃の小母さんの介護の仕事への見解。

清掃の小母さん言ふに介護毎《ごと》「ご機嫌いかが」はなかなか言へぬと

気に染まぬ気に入らぬことそれぞれに、捨てられぬものそれぞれの「こころ」

退院

主治医の三浦医師このあと休暇に入り、退院が決まつた後にもどつて来る。

「病床は空《す》いてゐるゆゑ退院はタムラさんの意思で」と三浦医師言ひ

（「リハビリに入院するなど病院はさういふところではない」とふ医師も）

仏足石歌体で。

降雪期リハビリのための通院は難儀と言ふも歩ければ即退院と

（いづれわれも医療業務消化の対象らしなはや退院せむか）
仏足石歌体で。

一ケ月の予定はなんだつたのだらう十八日目に退院せむもさばさばせむか

仏足石歌体で。

夏に雲、冬に雪、秋紅葉見し病窓に残る花の日に逝く　など甘きな

仏足石歌体で。

ナースステーション男性看護師の掛け声に数看護師立ちわが院を退《さ》る

リハビリ

十月十七日入院、十一月四日に退院。翌年の三月十八日まで、積雪期を通じ週二回バスでリハビリに通院した。事故から二十日ほど経つたころ、ゴミ出し、風呂洗ひができるやうになり、その後一ケ月も経ず、雪掻きもできるやうになつてゐた。わがことながら驚き、感心する。

（考へる畠山理学療法士時どきベッドに腕組みをして）

次の手を先生時をり考へる考へることなきわれのベッドに

わが老いら明日も生きると宙を蹴り片脚に立ち自転車を漕ぎ

平行棒伝ひ歩行の青年は明日に真向かひ義足にて立ち

杖をつきバスに通ひて降雪期五ケ月設定スケジュールは終ふ

ココア飲むその数分を楽しみし院内二階広きラウンジ

高齢者が大腿骨の手術をすると、歩行に難渋しあまり体を動かさなくなるため、統計上一年間に二割ほど死亡してゐるといふ。さういふことを医師から聞かされてゐたが、どうも生き伸びるらしい。

一年内二割死ぬとふ一月経《へ》ごみ出し、風呂洗ひ、やがて雪掻き

障害者二人旅

手術後、七ケ月を経、五月十六日より、当時娘が住んでゐた大阪市を皮切りに、尾道、広島、江田島、宮島・厳島、松山への、障害を抱へてのやや強行に近い、六泊七日の旅行をする。二〇一〇年のことである。

大館・能代空港から大阪へ

日本海見下ろし翼《つばさ》わが前に旋回に入る補助翼《エルロン》を上げ

鳥ならね海より陸に翔《かけ》る翼《はね》、展《ひら》ける眼下正《まさ》しく鳥海

佐渡島地図の形に現れていづくや「おけさ」うたひし宿は

佐渡おけさ好みて拙《まづ》き父を偲びひとり湯槽《ゆぶね》にうたひし真夜よ

大阪

雲海も帝国ホテルの浴槽もエイリアンにかなし地球といふは

二歳児の「ワタシのオウチ」わが紗都子ぢぢばばたちをオウチに誘《さそ》ひ

織田作の「夫婦善哉《めをとぜんざい》」前に撮る府警部長娘《こ》の紗都子抱き

大阪・夜、チャイナの恋に乗り合はせエレベーターの箱に加速度

暑い大阪めちやくちやな終《つひ》に「四天王寺」の庇《ひさし》に逃れ

尾道

九十八年前の一九一二年（大正元年）十一月より翌年五月まで、志賀直哉（二十九歳から三十歳にかけて）は尾道千光寺への石段の途中の、海を見下ろす棟割長屋に住み、「暗夜行路」の前身である「時任謙作」を書く。

一世紀経《へ》七十九歳のわれの訪ふ尾道の旧居《いへ》「謙作ゐるか」

柄谷が「気分」で解き説く「直哉論」、判つてゐないやう簡易ポストは

伊藤整、遠山啓《ひらく》も、おほよそはフェミニストも好まぬ志賀直哉

仏足石歌体で。

国語はフランス語、特攻隊員再教育バカなこと言ひしが、それでも志賀

ここで志賀の難敵の一人、伊藤整のことを。

抒情詩人整の晩年わびしきは五十路《いそぢ》六十路《むそぢ》の性の認識

ローレンス、ジョイスを称揚その果てに性の荒涼、整の理知やは

文学は生の認識、生は性と、小説「変容」支へしは家計《くらし》か

「死にたくない」整はつぶやき子の禮に志賀の「生死観」語りし臨終《いまは》

再び志賀直哉。

白樺風に言へば「ぴつたりとくる」生涯はわれに隔絶せるも

多喜二にも百合子にも見えし「志賀直哉」、夏目漱石、芥川もまた

龍之介、太宰、秀雄に見えしものすでに末枯《すが》るか「白樺」ははや

昭和激しき戦争に白樺の「人類・人間」、吹つ飛んでゐる、が
ロシア文学の洗礼受けし時代、文士たちあまた志賀を畏敬し
パスカルの神はなけれど、デカルトのやう「自分」に立つ清潔がある

友情のわれに眩《まばゆ》き武者と志賀、ピエールとアンドレイ「戦争と平和」に

いよいよ尾道に。

福山ゆ迂回して入る尾道のホテルの窓に海は展《ひら》けて

謙作の徒歩に上れる千光寺、バス・ロープウエー《ゴンドラ》に妻を伴ひ

展けるは海謙作の見下ろせる、遡行九十八年の揺曳《えうえい》も

千光寺公園にすむ三毛猫氏アイスクリーム愛すミャウミャウと鳴き

アイスクリーム猫食《は》むさまを楽しみて妻はベンチに寸時やすらぎ

「文学のこみち」辿れば逆落《さかお》とし巨岩石碑を潜り縫ひ降り

障害の老いの二人の探検ごつこ屈《かが》め摑まり滑るなどして

尾道に文人墨客刻む文字辿れば寺・坂・海・島の街

人気《ひとけ》なき中村憲吉最晩年「寝ねがてにける」と詠みし旧居《いへ》に出で

尾道文学記念室（文学の館）。林芙美子の外、地元出身の文学者の資料も展示し、地元の人が心の籠《こも》つた案内、説明をしてくれる。労《ねぎら》ひ、励ましの言葉もかけてくれ、林芙美子はよい読者をもちよかつたと思ふ。

眺望の展ける館《やかた》座敷にて芙美子愛《いと》しみ語るひとらの

小学校、女学校を尾道に過ごしし芙美子地元やさしく

大館に多喜二の生家あることを知るはゆかしき尾道人《びと》は

芙美子には酷《きび》しき百合子その知性若き顕治へ甘つたるさ見せ

百合子は志賀を敬愛し己が歩みは志賀を越ゆるものとも

「行路」は大山《だいせん》、「放浪」漢口一番乗り、「道標」今も建つか

迷ひながら「児を盗む話」に描かれてゐる「線路」の場に突然出、一瞬呆然、佇み胸が熱くなる。

妻を待たせ探しあぐねて迷ひ出づ「自殺はしないぞ」と思へる線路《レール》

迷ひ続けてゐると、幼稚園（もしくは保育園）が目に入る。そこの先生に道を訊く。直哉の旧居はその園のすぐ近くにあつた。「暗夜行路」では、そのあたりで兵隊ごつこをしてゐた子供が、遊びを中断し、千光寺への道案内をしてくれてゐる。

海、街を見下ろして住み水汲ませガスを引きたる謙作の旧居《いへ》

竈《かまど》背に畳の間越しにまつすぐに視線の先は俯瞰、海、街

展示には櫛・笄《かうがい》など、プロスティチュートへのと訊くはためらひ

放浪も行路も海を望みみて小路・坂道・街を夕染め

午後六時千光寺の鐘、やがて向島《むかひしま》の山々闇に沈みて

尾道の港灯《とまりび》見入り読み辿る「暗夜行路」夜景の条《くだり》

灯台か船の明かりか彩《いろど》りて揺るる灯火《ともしび》海は浮かべて

造船所の銅を熔かしたやうな火と「暗夜行路」は映る灯に触れ
「暗夜行路」わが尾道はかく暮れてホテルのベッドに妻はや寝入り

広島

広島駅のトイレにはトイレットペーパーが置かれてゐない。持つて行く人がゐるためと言ふ。

トイレットペーパーなき駅、大田川、原爆ドームに降り注ぐ雨

十フィート運動我が家に映写《うつ》しし映像の実物、その小ささよ

想像力働かぬまでに疲労濃きわが身体と向き合つてゐる

展示遺品妻その前に涙すとふ疲れたる身をむちうちて出づ

館内に外国人もちらほらと何と向き合つてゐるのだらう

館外は白昼の雨宇品より江田島への船、呉も海も濡れ

全梵鐘《ぜんぼんしょう》炸裂せし空、めまひかこれは無無明尽《闇のなくなる世はなく》

江田島

被爆地広島のもう一面の顔、軍都としての広島を見るべく、宇品、呉を経てかつての兵学校、現在の術科学校を訪れる。

バスの中で。

項《うなじ》青き少年めける候補生濡れたる帽をハンカチに拭く

かつてわれ海洋少年団に食ふ、術科学校のカレーはうまいか

運び来し海軍カレーさりげなき女性《ひと》の風圧こも水兵か

教官か生徒か分かね端正な律する者にこそのたたずまひ

威儀をただしひとりの男子食堂に箸を運べばユーカリの船

小雨降る白昼海軍食堂に苦悩ま著《しる》き軍人の座す

食卓に座する苦悩の紛れなき平和といへど海軍食堂

解散の前後の一隊行動のだれてほどけし一瞬を見き

ちょっとしたトラブル。

わが差すを己《おの》が傘よと詰め寄るをテキ屋の群れのひとりとや見る

何事ぞわが広島に購ひし傘、妻との揃ひぞ安物なれど

二度三度小雨の中に詰め寄るもわれの傘よと拒みつづける

ふと見れば妻の差す傘は小さきぞわれ完全に過《あやま》つと知る

幾たびも雨中に堪《こら》へてくれしこと心より謝す彼やや照れて

観光の第一陣のメンバーの雨に降られてや盗るちやつかりと

わが傘の術科学校食堂の入り口に置くを盗れるは名乗れ

意図せずも員数《ゐんずう》合《あ》はせわが血にも旧軍兵士の遺伝子は流れ

ガイド氏の説明に。

退職の元下士官ガイド氏は「軍艦はもう見るのもいやだ」と

ガイド氏は陽の当たらざりし旧軍の下士官のこと嘆くしきりに

ネルソンと東郷の遺髪軍神の遺品を納むわれよ、ただろぐな

連合軍空爆せざりき勝利後の利用に備へ兵学校を

教会に使つたのはイギリス軍といふ。
学校棟そのまま使へり大講堂教会に変ふる余裕小癪に

呉の一部も勝利後の活用顧慮し空爆避けしとふ、泣けるな

尾道も空襲免《まぬか》る米兵の収容されゐし施設あるゆゑ

日本はアメリカの掌《てのひら》の上に戦ふ愚かといへかなし

展示品真珠湾特殊潜航艇、東アジア潜水艦いまはた

幻想かアジアの危機、煽るな語り合ふこそ現実性《レアリテ》といふも

手繰《たぐ》りつつわが思惟崩しつつじりじりと築《つ》き組み立てていけるか

宮島・厳島

迷ひ路《ぢ》に自転車を駆る三人の女性《むすめ》と逢ひぬ厳島夕坂

「高校生」ときけば一せいに「二十歳でーす」と自転車を漕ぎ

ダメ押しに女性《むすめ》のひとり引き返し道教へくるる小雨なか

夜、われわれともう一組の夫婦の四人だけで、小雨の屋形船に。ガイド氏宮島の歴史（庶民、富裕層の辿つた歴史の視点を組みいれ）を紹介し、ヒロシマについても、従姉の体験などに触れ、味はひのある話をしてくれる。

「あのあたり」指《ゆび》さす夜空屋形船ゆれても確《しか》と核炸裂の位置

厳島屋形船迫る巨《おほ》き鳥居あなたヒロシマ、闇、小雨

江田島・厳島・松山へ、その都度《つど》宇品を経し、戦場へ征くか

松山

宇品港二日に三度兵のやう江田島、宮島、松山も雨

松山に娘《こ》は娘《こ》を連れて飛んで来る三日前大阪に別れて

「傘要らぬ紗都子は抱いて行けるから」頑固な娘詰《つ》めの甘さよ

傘をさしぜひとも城に登らむに別行動にせよと主張す

風情《ふぜい》褒め妻をはげまし天守閣頂《いただき》までを上り切りたり

銃眼の俯瞰《ふかん》に人は蟻のやう観光客に娘《こ》と娘《こ》の娘《こ》はゐるか

娘《こ》は娘《こ》の娘《こ》の紗都子曳き抱《いだ》き天守閣ふもとあたりに迫り来たりし

ぢぢばばは天守閣下《した》中庭に娘《こ》と娘《こ》の娘《こ》とばつたり遭遇ぞする

孫に娘の言葉癖がうつり「とーぢいちゃん」と呼ばせてゐたものを「パパ」と呼んだりするやうになつてゐた。

孫は言ふわれの靴履くを「なんてパパ遅いんでせうまごまごしてて」

道後温泉本館。

ショッピング果たせぬ娘の魅せられし足湯、からくり、人力車

松山の道後はをかし妻と娘《こ》と孫の紗都子が同じ浴衣着《き》

皇族も坊ちゃんも入る湯けむりの宿の賑はひ道後更けても

乗れないな人力車には、少々洋車《ヤンチョー》にはにがい思ひ出がある

単純に大喜びの娘《こ》につられ孫もはーばあ《波留湖婆》も車夫君までも

車夫君の代はりに梶棒《かぢ》を握り、妻と娘と孫を乗せた写真をと思つたところが。

写真をと梶棒握らむとするわれをあわてた車夫君からうじて止《と》め

欠航

やつと帰宅、大阪に帰る娘たちと松山空港で別れ、遅れて羽田、大館・能代空港へと思ふやさき、天候が悪く雲が厚く、上空まで来た航空機も着地できず次々に欠航、つひにわれわれの乗る機も欠航の発表。

欠航はドミノわが機も松山の雲の上飛べれどなかなか降りぬ

すべての機つひに欠航動転しわんわと空港煮えてたぎりぬ

パニックに陥りたるよわれ呆然《ばう》とせる妻を置き行動せずば

話しかけ頼りにならぬと頼れるを係員《かかり》に見極め情報尋《と》めて

きよろきよろと見渡し脚を引きずりてことばかりの長蛇列尾に

頼りなきわが心内を見抜けずか後ろの若き、われを頼る顔つき

前の男《を》は欠航により仙台の仕事ふいになるを憂へて

かかるとき日本人は黙々と長蛇の列に並びてゐるよ

数多《あまた》なる長蛇の列をそれぞれに捌《さば》きてゐるぞ女性係員は

妻はベンチ、長蛇列なか限界のわれひとり鞄《バッグ》の上《へ》にへたりぬ

引揚げも座り込みをもしたる身はかかる事態ぞ格好《かっこ》つけずよ

大館への羽田空港乗り継ぎは変更に難、頭ま白に

宿泊費かさむも一日《ひとひ》そのままに繰り下げる案最善手かと

わが案を述ぶればそれは可と言ふ係員動揺見せぬ手際よ

経験を積んでゐるのとゐないのとの差落ち込むことはないよかつた

航空機飛ばねど窓に夕陽射し道後やさしき湯にひとり入り

欠航に一日《ひとひ》のゆとり道後なる湯宿たのしき湯泳ぎなどすれ

欠航の旅の終はりにぢぢばばは宿の浴衣に羽織など着て

松山の街に立ちゐるマドンナら朽ちうらなりのわれはかなしも

坊ちゃん列車新米車掌愛嬌にマドンナらはややもやつれて

子規堂。

障害者無料かと訊くさうでないけど無料でどうぞと子規堂は

障害の老いに遺品のゆかしけれ病《やまひ》の子規は幸せだつたろか

いよいよ帰宅

見かねたるカートに拾はれ運ばれぬ大館・能代空港口待合

少年期かじりし滑空操縦を妻に語れるバカになりゐて

機窓より下界、補助翼《エルロン》・高揚力装置《フラップ》を見飽きずふつと突つ込むなども

みちのくのスチュワーデスやさし笑みも見せ空き座席にて山なども見せ

大館・能代空港からリムジン・バスで大館に。

山も田もリムジンバスも夕映えにもどれば羽州陸奥に展《ひら》けて

近郊をよそ者の目に眺むればひさしき家路よ、皐月《さつき》も涼しき
リムジンを降りれば妻はひた歩む隣人への土産抱《いだ》き抱《かか》へて

短歌、文学

愛をこめ

短歌

高校生のころ。

屈辱と短歌課題の強制を憎みし少年詩を作る日に

高校の国語の教師になり。

黒板に晶子、白秋、牧水の短歌を並べ白墨《チョーク》駆る日も

幸綱の祖父信綱の短歌《うた》〈・・・朧月夜・・・〉、唱歌には「夏は来ぬ」あり

「朧月夜《唱歌》」は高野辰之、しみじみと〈菜の花畠に入り日薄れ・・・〉

「しみじみと文法が好き」しみじみは童謡・唱歌、短歌つきなく

しみじみと温泉《おゆ》に浸《つか》れば日本ざる副交感神経戦《そよ》ぎ目を閉づ

「われ男《を》の子意気の子名の子・・・」そのあとのにがき歴史を男の子は踏みて

黒髪の櫛にながるる二十《はたち》の子十二児《ダースの子》を産み一人死産も

＊四女「宇智子」は双子で、双子の一人は死産。六男「寸（そん）」は生後二日で死去。晶子は正確には死産児を含めると十三人の子を産み、十一人を育てあげたのだつた。

許せアララギ「写生」は図画な、「鍛錬道」などまつたくもつて皇国など

「寂しさの終《は》てなむ国」はないものの「幸ひ住む」は詩もなほ甘く

今にしてセンチメンタルと、「喰《くら》ふべき詩《ポエジー》」精神啄木を舐められるか

〈あなたは勝つものとおもつてゐましたか〉〈その思ひを、妻よ、語れといふか。〉

土岐善麿は啄木の親友であつた。二人で「二重唱」。善麿は「夏草」、啄木は「悲しき玩具」より。

剃刀、剃刀研師《かみそりとぎし》ひそやかに雌鶏《めんどり》は鶏頭の花を蹴散らし

茂吉と白秋「二重唱・変奏曲」一首。茂吉は「赤光」、白秋は「桐の花」より。

はげあたま色鉛筆の赤い粉の指いとしもよと言ひて寄りしか

白秋と茂吉「二重奏」と「二重唱・変奏曲」、それぞれ一首。白秋は「桐の花」、茂吉は「小園」および「赤光」より。
〈病める児はハモニカを吹き〉〈はげあたまかくの如くに生きのこりけり〉

人物像明らか過ぎる茂吉居りわからなすぎる迢空も居る

迢空の哀しさ孤独ふと通ずわれの近代弱るときやは

「戦争と平和」著者《トルストイ》否定せる、卑小なるかな「反第二芸術論」

究極は人物を思はせるもの文明にあり、歌人やはかかる

哲学やつて久しきか作品に軌跡たどれば名と顔にこそ濃く

山田あきと坪野哲久《てつきゆう》は夫婦であつた。「デュエット」一首。哲久は「百花」、あきは「紺」より。

〈母よ母よ〉〈戦に子を死なしめ〉〈夜天《やてん》は炎《も》えて雪零《ふら》すなり〉

戦中・戦後の小林秀雄の発言に重ねて、「山西省」を。

かく戦へると思《も》ふ、小林の「無智な一国民」とし一兵たらむは

渡辺直己《なほき》と宮柊二《しうじ》、および宮柊二と渡辺直己の「二重奏」それぞれ一首、合はせて二首。以降すべて直己は「渡辺直己歌集」、柊二は「山西省」より。

〈涙拭ひて逆襲し来る敵兵〉に〈ひれ伏してかくる近視眼鏡を〉

〈戦を苦しかりきと言はねども〉〈夜が明け行けば涙流れぬ〉

宮柊二と渡辺直己「二重唱・変奏曲」一首。

西安洛陽《シーアンルオヤン》の兵広西《カンシー》学生軍哭けば汾河《フェンホー》、刺すな

近藤芳美「変奏曲」二首（「早春歌」より）を含む三首。

手旗もて万葉集を打ち続《つ》げば流る楽章かなた長江

万葉集「われは妹《いも》おもふ」打ち征けば瘧硝《がくしやう》焦がすかなた大陸

＊瘧《がく》はマラリア、硝《しやう》は硝煙、「瘧硝《がくしやう》」は私の造語。

近藤調疑はざりし大文字の歴史は見えずかなし末枯《すが》れる

佐藤佐太郎、「戦《たたかひ》はそこにあるかとおもふまで悲し曇のはての夕焼」（「帰潮」より）。この歌が詠まれた昭和二十三年の冬、中国大陸ではまだ戦は続いてをり、二十五年六月に起こる朝鮮戦争はすぐ傍まで来てゐた。

戦《たたかひ》は曇《くもり》のはての夕焼《ゆふやけ》に迅《はや》し朝鮮半島燃え焼け焦げ

田谷鋭（「乳鏡」より）。昭和史は、戦後の貧しさを忘れてはゐない。

駅売りの牛乳《ちち》買はぬ日々昭和はるか、貧しくてわれら生ききぬ

これ以降は、「著名な歌人」、「周知の短歌」―パロディ・本歌取り・変奏・挨拶・挽歌・オマージュ・アイロニー・フモール・クリティックなどいづれとも解らぬものだが―と、平行して「六十年安保闘争」および「全共闘」の時代を詠む。

ピアノ、火事避難所に搬《はこ》ばれて持ち主の赤き頬の娘現れ

おお皇帝蝶ネクタイにあかねさす日の出ポマード、奏づるは火夫の舟歌《シャンソン》

飼育係われら行く当てもなく捨てる日本そらぞらしく前衛

大き扉《ひ》に山中智恵子打ちし鋲、昭和、すめらぎ葬《はぶ》れば　氷雨《ひさめ》

蛍いままつはれる河明らかに地下鉄に流れ浸《い》る鬼垂《た》る涎《よだれ》

歌詠みは老いて怒れる、己れにか結果的にはオーラーも湧き

朝狩りも愛恋も薔薇ばあらばらあふるる湯音、過ぎし諫早《いさはや》

〈「群集を狩れよ」・「勝ちて還れ」〉、「ビンラディン生きて逃がれよ」いやはや

遠足のみかんをくれし少年も質問に答へためらふ女教師も

視野の果てに必ずうなづきゐし少女、工員になりどこに行つたろ

〈ゲルニカ・・・・勝利の錯誤〉と詠みし、竹内好勝《よしみ》ちしとせる闘ひを

若妻の割烹着の日庖丁とぎ糸つむぐ鬼もはるか熊歩き

野は五月白き花咲き口ずさむアルビノーニの青年と逢はずき

分数が理解できぬまま神のやう、うなづく少女見てしまなざし

戦中直己、安保に杏明《きやうめい》、日出夫らしかと見し、それぞれの「敵」

米基地は戦争の火種、戦争呼び込む安保幾太郎《いくたらう》否定し

中立、平和、民主、独立、革命、愛国、暴力《実力》、反スタ、トロ等々

岸を倒せ、議会を守れ、中立だ、やは革命か日本渦巻き

第一の敵・米帝からの独立こそ平和だ民主だなどと

反独占は正義、国家は権力、権力の悪は安保だなども

社会主義の理想は疑へぬ、ソ連はいかがはしいにしろなどとも

民衆、条文読まず、改定に賭す岸弟と死をも覚悟し

右翼・暴力団に岸は凭《よ》りやがて毛遠隔操作《リモコン》武装闘争画し

自衛隊出動を拒む意地を見せ樺《かんば》の死には議論沸き立ち

岸上悩み淳惑ひ、隆明《たかあき》あわてて逃げ込む、あ警視庁

恆存《つねあり》常識鎧《よろ》ひ淳変身幾太郎旗幟《きし》変へ隆明恬《てん》とし

丸山の「市民主義」難じ「大衆」を掲げた隆明共産主義者同盟《ブント》に依拠し

鶴見・小田《ベ平連》、竹内、日高、花田、雁《がん》、はた埴谷《はにや》、黒田などどこへ行くやら

市民、国民、民族ら、はた、人民、民衆、労働者などどこへ行つたか

「真制前衛、インテリゲンチャ・・・」の去就《きよしう》やら「学生さん」やら隆明しどろ

脱走兵《酒と女好き》書きし意見書《文体の凛たる》の文章を「己《おれ》には書けぬ」と小田実《まこと》言ひ

開高健は画家スーチンに惹かれてゐた。スーチンについては、ある絵画史の解説では、友人のモディリアーニの死後、アメリカの大収集家に認められ、華やかな名声と経済的安定を手にした、と結ばれてゐる。しかし一方これとは別の解説書には、終生癒えることがなかつた彼の深く病んだ心を強調した記述がある。後者が真実に近い記述だと思ふ。第一歌集「モオツァルトは風」に、彼の墓地を目の当たりにした折に詠んだ「ああスーチン、モンパルナスのその墓に枯れ花一輪それしかなかつた」を載せた。

ヴェトナムもアウシュビッツも開高にスーチンの闇魚《病みうを》釣りゐても

旧き同職の畏友、「ハルビン一九四六年」の著者、復員後時を経て、寺山修司の短歌「身捨つる・・」を読み心を動かされる。

復員の黒羽幸司を泣かしめし「身捨つる・・祖国・・・」いづくにもなく

「マッチ擦る・・・」海の闇にスクリーン《裕次郎》・寺山修司《天井桟敷》かき消えて霧

「身捨つるほどの祖国」など、寺山にあれ怪しきもののそれでいい

幸綱ってまだ生きてるの「幸《ゆき》」はぎんぎんびんびん万智の先生よ

装飾をほどこしてこそ見ゆる真実もあらう「未青年」とふなほ

啄木に賞味期限あるとして、腐蝕に無縁な装飾部品も

*

虚飾つてやつてられない武者小路、大正にあり青年清《すが》すがしき

春日井建が歌壇青年のアイドルだつた時代を遡ること半世紀、かつて武者小路実篤は、文壇の天窓を開け放つて、爽《さはやか》な空気を入れたと芥川に言はれたほどに新しかつた。一部から嘲笑、酷評もされたが、漱石、白鳥、春夫など作風の異なる作家もいち早く評価した。昭和に入り次第に苛烈になつた戦争を通じ、武者小路のいはゆる〈人間・人類〉観は崩壊するが、不思議なことに、中学三年で敗戦を迎へ、思想的には全く白紙状態にあつた私には、このとびつきり楽天的なヒューマニズムとの出会ひは、大きな出来事であつた（二世代前の、十代の宮本百合子にも武者小路崇拝時代があつた）。そしてそこから、ロシア文学の世界が、目の前に大きく広がつていつたのだが。今でも偶に、少年時代愛読した武者小路の世界に触れることを期待して読み、比較的若い時期の作品で、それがかなへられたときは、わづかな時間だが元気になる。時代に先駆けて、二十代の青年がロシア文学をはじめ、印象派、後期印象派などヨーロッパ近代美術を理解し、日本に紹介したことの大きさ、そのことを含め作品の世界に一部朽ちぬもののあることを確かめ、ほっとする。

女歌、男をも蹴り女も見せけはひ化粧に呪文となへて

「現代の短歌」高野公彦編ページ数割り工夫嗤《わら》へる、か

青春はほそきつばさ・自転車、線路のかがやき、速吸《はやすひ》の海

（侵略の視線乏《とも》しく偶発の日中戦争、「昭和短歌の精神史」）

「精神史」感情移入戦中詠、反「戦後※」、前衛、被爆はも添へ

（桶谷調、大岡史観に拠るにしろ短歌の内より見えずき「世界」）

大筋は「近代」否定の物語、前衛、前川、戦中歌美化し

（死者黙すれば「近代」も「戦後」も葬る「現代」日本浪曼派）

「現代」に伝染《うつ》れる宿痾《しゅくあ》、隆明・淳らの「戦後《せんご》民主主義批判《ひはん》」は

（歌人思惟凭れ役者出そろふ評論家「恆存」、「隆明」なども）

赤旗に歌会始めに「現代」は膏肓《かうくわう》を病み膏薬を貼る

戦中派抱くノスタルジア「少年」誌ら、子の世代を奪還し

（団塊も、全共闘より反「戦後」、反米、愛国、なんにでもなる）

団塊はノンポリとなる、翻然とポストモダン、日本浪曼へも

フェミニスト、エコロジストにも総理にも、「身を投企《とうき》」しホームレスにも

短歌史の復権せむに葛藤し「外」より見る視点かちえては

「朝鮮戦争」、「六十年反安保改定《あんぽ》」、「ベトナム」、「一九六八年《全共闘》」等、私にも幾重かの、いや幾重にも錯誤があつた。しかし。

わが受けし教育真二《まつぷた》つにはあれ勝《まさ》るは「戦後」批判受くとも

（われもやや保守になれども戦後民主主義《デモクラシー》体験として否定できぬな）

「占領下の」とはいへ皇国やソビエトのよりはまし幾度顧みても

（絶対精神、マルクス史観漂流し、見えぬ「世界」に「短歌」も惑ひ）

「文学」もロシア文学頂点に二十世紀からく、今世紀末枯《すが》れ

（われわれも「現代文学」と言ひし、実は「近代」一世紀ほどの光芒《くわうばう》の）

「前衛」を現代短歌旗艦としいつしか末枯る「ケータイ」嗤へる、か

「反戦映画見し夕暮」の歩みは越えしかそのクレバスとふを

一生《ひとよ》にし女性、妻、母を短歌《うた》に詠み、たつた一人きりの女《ひと》ガサッと紅葉《もみぢ》

きみに逢ふ以前のぼくに遭ひたくて揺れゆくバスよ、なにを見たろか

「近代」、「ヨーロッパ」、「歴史」の時代は過ぎた。最終ランナーのサルトルを過去の遺物とすることで、ずいぶん楽になつた。肩の荷が降りた。構造主義やポスト構造主義をかつぐ者の本音もそこにあつたのだらう。時代の潮流の中で「見方」を提示したにすぎないのに。マルクス主義にしても、大いなる一つの見方に過ぎなかつた。たしかに多くがさう思ふ時代が来た。それにしても「歴史主義」に勝利したと喧伝された「構造主義」は、ますます混迷を深めて進行する今日の世界情勢をどう説明するのだらう。自己の世界観に矛盾する現実を目の当たりにし、悩むレヴィ・ストロースのある日の姿が、挿話として語られてゐる。そこに彼の誠実がある。レヴィ・ストロースの完全勝利、で終つたのではまことに残念な。短歌にも「批評」がある。その担ひ手のひとりと思ふ小池光氏の「短歌人物誌第二回・思想家（『短歌』平成十八年九月号）」を読み、三首。

ポケットのヘーゲル墜つれジャック君荒れる歴史のいづこレヴィは

ジャック君、団塊始発「一九六八年《全共闘》」なんとレトロな満洲国は

アウシュビッツ、ナチズムの生理短歌《うた》に詠まれチボー家の人のほのかな香《かを》り

金魚絵の浴衣につつむふたり子とその母の夏、ほのあまき香の

＊

レーニンよわがレーニンよ、眼に浸みしポマードなどどうでもいいのだ

逆立ちを裕子にながむるひとがをり泣きたい母都子はでんぐり返り

鉄棒に裕子を眺めし夏は逝き、母都子丑三《うしみ》つでんぐり返り

全学連岸上立ちし屋上に全共闘の母都子のぼりき

全共闘母都子のぼりし屋上に胃全摘党のわれ駆けのぼる

〈世界より私が大事〉全共闘道浦母都子のカルチェラタン

＊

かなしきはセルジュリファール、ベラフォンテ、昭和・統《すめら》、夢違《ゆめちがへ》観音なども

旅に出ては諫早《いさはや》、速吸《はやすひ》、サンチャゴゆ東急ハンズ、PARCO三基へ

あのガキはブーフーウーのフーぢやないかなまだ象のうんこに酔つてるやうだよ

「短歌は芸術か」などと懸命にある日のちいさな日本の事情

神々の言霊《ことだま》だらうがいまさらに「紀元は二千六百年」など

自然《ナチュラル》に男をやってるな修三ではある、島田修二忘れえぬ歌人は
歌壇。

短歌《うた》つくり金はらふアマもらふプロ仕分くる趣向《機構》 築山《ヒエラルキー》・花壇《歌壇》に

平成の定家らの子はたはぶるる戯《あざ》れ歌詠みこの地球に住み

平成のアマ老人も歌詠めば洒落にもならぬ戯れ歌となる

文学

ロシア文学五首。

「不倫」「戦争」幕下り、トルストイ追んだ出た「家」をレーヴィン、ピエール作り

「愚鈍」、「邪悪」なる人の闇、ドストエフスキーに「神」、「再生」の問ひ《テーマ》

「レーヴィン」はトーマス・マン「アリョーシャ」は安吾愛《め》で誉《ほ》む、視線の美《い》しく

胸を病みチェーホフこころ癒えやらず十九世紀ロシア崖つぷち

眼鏡ごしチェーホフは見る人と時代社会《よ》を絶望ひそめ愛悲しげに

二十世紀―「意識の流れ」（イギリス、フランス）、「失はれた世代」（アメリカ）。フランスでは、象徴主義詩人（批評家でもある）ヴァレリーは、二十世紀最高のヨーロッパの知性といはれたが、ドイツ軍の占領下にあつても政治の圧力に屈することなく、自由と知性の尊厳を守つた。ヴァレリーは大戦終結の年に亡くなつたが、その後の空白を埋めるかのやうに「レジスタンス世代」から生まれたサルトルが、「実存主義」を掲げて登場した。やがて、六〇年代に入ると政治の未来、行程は混迷、それに呼応してサルトルの光芒が陰り、「構造主義・ポスト構造主義」が台頭する。しかしその「ポスト・モダン」のシーンも、永続きはしなかつた。ヨーロッパの思想界は、ソ連崩壊を境に沈滞する。フランスでは「構造主義・ポスト構造主義」の流れに乗り、次々に「新哲学」が徒花のやうに咲いたが、もはや飽きられ、思想界はすつかり風化してしまつたといはれる。日本でも、「ポスト・モダン」は、本場のフランスから、思想のファッション化の様相で受け入れられたものの、いまやそのにぎはひはない。さて小説にかぎると、プルーストやジード等の方法の模索のなか、すでに十九世紀末、ヴァレリーは「テスト氏との一夜」でこのジャンルに独自の引導をわたす。しかし小説は二つの大戦、特に第二次大戦を通じてアクチュアルなモチーフに出逢ひ、息を吹き返し、サルトル、カミュなどの作品をのこした。五〇年代には、「実存主義」の作家を追ふやうにして、「新小説《ヌーヴォ・ロマン》」の作家群が「反小説《アンチ・ロマン》」を掲げて登場し、顔をのぞかせる。しかしその後「反小説」などはどうなつたのだらう。フランスだけではなく、世界の文学は、どうなつてゐるのであらうか。―（「構造主義」の凋落については哲学者、木田元氏の著書「哲学以外」に負ふ）

失つた神・生活と人生、こころも漂流心理、意識へと

レーヴィン消えブルーム現れ世紀久し、もうアントンはゐない

*レーヴィンは「アンナ・カレーニナ」の、ブルームはジョイス「ユリシーズ」の主要登場人物。

サンボリスム詩と批評、文学の文学ヴァレリー評論残し

小林秀雄は「小説を作つてゐる精神」なるものを信じて、次のやうに断じた。

プルーストの技術の〈進歩〉とふバルザックにありし精神の〈堕落〉ならむと

しかしなほ小説《ぶんがく》は健気《けなげ》に戦つてゐた。

ヘミングウェイ、フォークナー、ドス・パソスらをカミュ、ボーヴォワール、サルトル掠め

二十世紀人間《ひと》と社会《よ》を描く探求、その苦渋、文学はなほ曳き

谷崎にボードレールの批評なく、オー・春樹に造花の才気

「戦後文学」・大江も霞み「歴史」に大文字ありし文学遥かに

かつて「大衆消費社会論」、今「消費不毛社会」の反映の

春樹も「不毛」、「不毛を宇宙の観念」として「世界」を捉へしな

直哉は「地球の滅亡」など想ふも「家庭」をつくり「平安」を手にし

家庭の幸福、太宰は上水道に入る路傍に捨てた、しかし売れてる

リヴ、フェミニズム、ジェンダーら「家」を壊すにみごと力出したり

「僕って何」を書いてゐる僕ってなあに？と三田誠広《まさひろ》問ひ三浦雅士《まさし》応へて
すでにいはゆる「文壇文学」も。

「私という現象」を書いてゐる私といふ現象が私なんだぜ

自我などの実体はない、マルクスも実存も、人生?・むろん虚構さ

「白樺」・秀雄も、プロレタリアなどとんでもない、トルストイなど同属さ

日本の近代文学あと追ひし「近代」・「文学」・「人生」《一九世紀》日暮るるよ

「人生」は虚構を語る物語いかに生きるかは意味問ふ病《やまひ》

評論は江戸、十八世紀を評価せし石川淳、吉田健一いやはや

花も咲く「才」や「雅《まさ》」らの文学談義香具師《やし》の楽屋は日も暮れやらで

「ばなな」には居場所さがしも真面目《まじ》人生「才一」操る才一芝居

大震災の日々

大震災　二〇一一年三月一一日より

「一日中泣いてゐたの」ナターシャの「ロシアの声」も日本に届き

大震の情報得むとスイッチを入れると低く「第九」流れる

生ぎでゐでよがつたのだべか救助され老女いのちを罪のごとくに

わがことと世界は息つめ息をのみ映像を凝視《みつ》む、陸奥の沖、浜

アジアびとアイヨー、アイゴー、東北の慟哭《おらび》声《ね》呑まるる巨地震《おほなゐ》の津波《なみ》

肉体は哀し、遁れてゆかな、地震《なゐ》の天空《そら》、ハンカチを振れ還らぬ別離に

日本の東北のひとだよ、カンパネルラ銀河鉄道眠れぬ夜を継ぎ

この歌の背景は「つれづれに」の「大館」の末尾の備考に触れた。

東北に桜咲いた咲いたジョバンニもだぶだぶ服着てステテコシャンシャン

*

沸く悲嘆怒りの標的、マスメディア政党びとは政府鞭打ち

大余震直下型地震《なゐ》来ずば日本は大丈夫だらう大丈夫と思ふ

大館にも波及。

停電の闇と寒さを伴ひて生活拉《ひし》ぐ地震《なゐ》羽州にも寄せ

思ほゆれば生命《いのち》を襲ふ災禍史は仮借なく継ぐ人類史にて

＊

遡れば、今から六十五年前のことだ。一九四六年一月まだ松の内のこと、両親と姉弟七人、中国青島市から引揚げてきて、佐世保港の浦頭に着いた。列車を乗り継いで上野からやつと東北に入り、福島県二本松駅に着く何分か前のことである。走行中、最後部に連結してゐた貨車から発火、この貨車からたちまちその前の客車（われわれ家族七人が乗つてゐた最後尾の客車）の後方にまで火の手が移り、炎と白い煙が客車の後尾を舐め始めた。乗客はパニックに陥りそれぞれの座席の窓を開け、走行中にもかかはらず飛び降りる態勢に入つた。飛び降りようとするそのぎりぎりのところで、列車は二本松駅に滑りこむ。長い車両の機関車にゐた運転手は、後尾車の火災には気付かなかつたらしい。さいはひ列車はからうじて駅に入り、停車した。敗戦五か月を経ぬ、正月、車内は混みに混んでゐたが、乗客全員窓から飛び降りて脱出した。元駅長の父と、次姉が、ずいぶんのんびりしてゐるやうに私には見えたが、乗客全員降りた後にそれを確かめるやうにして降りた。貨車に積んであつた、佐世保港浦頭で担ぎ、さらに積み替へのため東京（上野か品川かもしれない）駅構内を父と担ぎ運んだ七個の荷（一人布団袋一個の荷、七人分で七個のチッキが引揚げ荷として許可されてゐた）は飯釜、焦げ米、家族写真の一部（姉たち三人の高女時代のアルバムが全部無かつたので、彼女たちはどさくさまぎれに盗まれたと思つてゐた）を残し、すべて焼けた。家族七人、二本松駅の構内に停車中の別の貨車に入り、暗く寒い中、乗り替へ列車の出るまで父を中心に固まつてゐた。この時点では、引揚げ荷が上野駅で、焼けた当の貨車に積まれてゐたかどうか分かつてゐなかつた。後日、二本松駅に出向いた父は、荷の焼失したことと火災の原因、事情などを聞かされる。駅、国鉄の見解は、貨車に同乗してゐた乗務員が暖をとるため、空き缶に薪を入れて当たつてゐたが、火災の主因は、貨物の荷の中になんらかの発火物があつて、それが発火したことにあるといふことであつた。この説明は眉唾ものであつたが、責任は鉄道側にはないといふことで、強引に押し切られた。父は反論できず、福島まで運んできた布団、衣類、各種証明書、大部分の写真類、生活品のすべてが焼かれたにもかかはらず、謝罪、賠償など一切なく、泣き寝入りで決着した。ただその時、貨車の闇の中で父が口にした「人間万事塞翁が馬」といふ言葉だけは、その後も家族の記憶に鮮明に残つた。

福島県二本松駅列車火事引揚げの荷をすべて焼かれて

七人の家族固まる貨車の闇未来描けず思案とてなく

身を逃れすべて失ふその先に六十五年の人生ありしな

七人の外、一九三九年一家が青島市に転住した時、既婚の長姉は中国東北部に残り、敗戦直後二十四歳で二人の幼児を遺し病死。平成十三年、三姉、次姉相次いで死去。大震後、弟死去、四姉心臓の手術。弟の死去については、前後になるが、次の歌で詠む。

七人中五人はすでに亡くなりて二人とて共に病み生き

平和とふ六十六年、さまざまな歳月流れ、果てに国難

弟甦る

二〇一一年五月十二日（大震災よりほぼ二ケ月後）、弟重夫、買物中に倒れる。六月十日、癌の手術といふ事態に驚き、川崎へ向かふ。

ホテル窓聖堂紛《まが》ふドコモビル、アゼリア、川崎今朝は晴れるや

病む身にて病む弟《おと》見舞ふ川崎の地下街アゼリアまだ明けやらで

シャッターを下ろせる地下街人気《ひとけ》なきカフェテラスの椅子に息つき

アゼリアの降《くだ》り昇りに漂へば春樹やばなな、はた海月《くらげ》のやう

アゼリアを歩めば過《よ》ぎるヴェルレーヌ《放浪者》息のむ地階十九世紀か

病む身にも過ぎれる身にも二十一世紀今日も都会《みやこ》に雨の降るやうに

駆けつけし病む弟《おと》の辺《へ》に医師ナース神も混じれる、戦場めき

全摘胃わがものよりも傷つきて巨きを医師は運び持ち来る

傷つける弟の巨き胃を前に医師の戦略を嘗むわがかなしき

ナース四人美しき現《あ》れ笑みを見せ自己紹介し蝶のやう立ち去る

誕生を喜びし日の思ひ出を語り病床の弟と別れ来《く》

二〇一一年九月五日、川崎病院から弟の死を知らされ、その日の中に駆けつけ、火葬、集塵場と化したアパートの片付け、金融機関を駆けめぐるなど、疲労困憊の末、十八日帰宅。二十五日、大館の墓園に埋葬する。

倒れしも逝きしも突如川崎の病院の報、令状のやう

ダンボール住まひに通ふ部屋に住み塵芥《ごみ》に埋《う》もるる貯蓄《そなへ》、息のむ

地獄、餓鬼・畜生・修羅、天にやも住む、弟《おと》の一生《ひとよ》われに照らしき

生《あ》るる際《ま》も死ぬ際もその間《ま》の因果やも杳《くら》きか空海生あるなべては

それぞれの生活《たつき》は見えて歩道橋メッツホテルの窓前《さき》歩める

渡る雲日航ホテル窓の辺《へ》に弟を仏と想ひ初《そ》めにき

中秋の満月いづこも発光ダイオード二十一世紀君はしあはせか

現れて弥勒《みろく》よ照らせ二十一世紀、宇内《うだい》、人界重く病まへば

父母と次姉《あね》骨を埋《うづ》むるその許に今日は好き日よようこそ帰れれ

吾と妻の旅に先立ち逝く弟を葬《はぶ》れば墓苑秋のやさしき

轢死《れきし》「猫」、孝行息子「闇太郎」、野良の墓にもコスモス揺れよ

*

（弟の遺しものの分割を予期せぬことと姪らよろこび）

最貧の男《を》の喜捨せるか今どきに修行僧のやう、娘《こ》は電話越しに

蛍、ある夏のこと

蛍

庭の後ろの野原に猫の家族がゐた。幸せな団欒、子別れ、いろいろなドラマがあつた。そのころ、ふつと蛍が消えた。しばらくして蛍は戻つてきた。符節が合つて不思議な話だが、それは猫の家族がゐなくなつたころのことである。二〇〇八年の頃のこと。

猫の子の母と離るる夏のこと蛍はすだき野も明《あ》かかりき

庭の辺の沢涸れ夜々の深き闇いく夏やゆく蛍よ灯せ

ほうほうと蛍庭辺《べ》の沢に顕《た》つ亡き母、姉のわれに会ひ来や

アルタイル、ベガの下辺《へ》にそそぐ沢蛍は灯を掲《あ》げわれにひた寄る

庭に寄る蛍を招じ入るる夜さ舞あいらしくあはれ手放す

夏草の繁れる沢地曇り空今宵は見えぬ星も蛍も

銀河顕《た》ち織姫、彦星煌《きら》めくさ下界の沢に蛍ながれ星

青白く灯せるバイク駆り交ふを青春と呼ばばはかな蛍は

岸を越え二つ三つ火息《ひ》を吐くあっちの水はにがいか特攻機

兜めかしテール・ライトの点滅をわれに見せ戯《ざ》る蛍笑止な

掌《て》に囲ひ部屋に放てばほろほろと拾ふすべなく蛍《ほたる》毀《こほ》るる

わが手にて殺《あや》むと思《も》へばひとしほにいのちは哀し稚蛍《をさな》は

二日を経《へ》露のみに生く成虫のバラの葉かげによわく光れる

しやがむ吾《あ》にバラの葉かげのよわ蛍ひかりやさしく灯し語り来《く》

幾闇夜アカシアの葉の細《ささ》蛍点滅ほのかに訣れ語り来

迷ひ来て火を滴《したた》らせかき消えし蛍の闇もわが魂《たま》のこと

家あかり包める闇に蛍消え沢の鬼火のひたひたと来

待たるる死遺るひととはなにをしよう蛍翔《と》ぶ夏また会ふとせう

蛍逝き茜《あかね》いろかも狂ほしき夜天《そら》に雲のあつき真夏来《く》

*

二〇〇〇年八月九日、胃、胆嚢全摘出の手術を受け、それから八年目。

蜩《ひぐらし》の声聴くけふか八年《やとせ》前胃を摘《と》れる夏その長崎忌

「水ヲ下サイ」を含むもの三首（その中の一首は、この後の「グライダー」に入れてゐる）は、原民喜の詩と岩井謙一の短歌「おそらくは今も宇宙を走りゆく二つの光　水ヲ下サイ」の核心部分を使はせてもらつてゐる。二〇〇八年作。

この朝《あした》六十三光年駆けゆける双生児ピカ　水ヲ下サイ

太陽系地球六十三光年コノ星ニ　水ヲ下サイ

雲雀

（わが世とて雲雀《ひばり》囀る夏の日を夕されば蜩《ひぐらし》ここぞとしぐる）

幼《をさな》雲雀《ひばり》囀りの音《ね》もかよわくてぱたぱたと峡《かひ》ひとつ鳴きわたる

（裏の樹に鶯《うぐひす》の音の遠のくさすだかふ雲雀《ひばり》子らは囀《さへづ》る）

雲雀また戦争《いくさ》ごとか似合はずな急降下など隼《はやぶさ》さへも

（訓練かたはむれか雲雀はるか少年のわが三級滑空士）

鴉《からす》ら群れ雲雀の空を跳梁《てうりやう》す撃てＢ29といへばあはれナショナリズム

（沖の鷗《かもめ》どこに果てるやら雲雀はアウシュビッツの空に明朗とふに）
仏足石歌体で。

あの夕べ攻撃せずや揚げ雲雀蛍すむ沢重慶・ゲルニカ

（ビールのむわが庭前《さき》に訪《と》ふ十羽ほど止《や》めな特攻など平和な雲雀）

これは雲雀ではなく雀の話。

子を奪《と》りし鴉を追へる十羽ほどゆけ群雀《むらすずめ》編隊空凪《な》ぎ

ブラームスの四番くぐもる夏の宵声ここだ立つ野に佇《たたず》まふ

蜂

遠き日に遠き親族《うから》郵便局長死にいたるあり蜂に刺されて

壁あなの蜂の巣撃たむと素面《すめん》にてキンチョール持ち立つ決闘式に

蜂あはれ退路の窓に届かずなキンチョール浴び果つ断末魔見せ

部屋に入る蜂逃がさむと開《あ》くる窓退路絶たずもやむなきいのちか

蜻蛉《あきつ》

籠に置くリュックに憩ふ夏蜻蛉《あきつ》わが自転車の切る風に相乗る

夏蜻蛉自転車曲がるさ翻然と羽ばたきて去る蝙蝠《かはほり》のごと

松葉先、添へ木にとまる夏蜻蛉木偶《でく》の坊と見、われにも纏ふ

グライダー

敗戦の夏八月十五日当日まで、青島中学校の滑空班（滑空部が改称され）のグライダーは、青島の空を飛んでゐた。爆薬をつめ、青島湾に入つてくる米艦船に全員で体当たりしようなどと話し合つたりしてゐた、戦後さういふ回想をする部員もゐる。痩せて軽いために高度まで吹つ飛び、失速を重ね、機体を損傷することもあつた私は内に、当時としてはやや非国民的兆候も宿してゐた（部員以外のすこし不良つぽい生徒が、当時唯一部活動を続けてゐた滑空班員に近づいてきて、連合艦隊はもうないよ、などと言ふのをほんたうらしいと思ひながら聞いてゐた）。それでもそれなりに真面目にやつてゐて、滑空の腕前もそこそこに上がつた（鈍感だからかへつていいと、まつたく逆な解釈で評価され）。敗戦日当日、それが最後の飛行といふことで三年生数人、二級滑空士にしてもらひ、初めての最後といふことで中級機を操縦することができた。

敗戦忌サイレン鳴るさ蟬時雨ひばり翔《かけ》らふ大戦は夏休み

昇降舵操作つたなく失速の少年の戦争《いくさ》つばさ翔《かけ》らず

詔勅に一泣きをし中級機《セコンダリー》初乗り許され戦争《いくさ》ごと終ふ

少年のポツダム二級滑空士八月十五日夏夕翳《かげ》り

少年ら搬びては曳き乗り飛びて戦争《いくさ》ごと終へ滑空機焼く

*

Little《リトル》 Boy《ボーイ》・Fat《ファット》 Man《マン》と呼び運び落とし二十世紀神なき遡行《そかう》　ビッグバン

Little《リトル》 Boy《ボーイ》とFat《ファット》 Man《マン》分裂《くだ》け宇宙駆く二つの閃光　水ヲ下サイ

物理学を結び目として繋がるるオッペンハイマーとその日のひとびとと

*

特攻機南国より発ち夏されば北国にも咲くオオキンケイギク

特攻機の散華《さんげ》にまつはる挿話に特攻花の話がある。その花に「オオキンケイギク」、「テンニンギク」などの名があげられてゐるが、異見があり、それは、当時の日本にはないアメリカ原産の外来種で（戦時中でも運びこまれた可能性はあつたという説もある）、これを特攻に結びつけるのは事実に反し、隊員の純粋な精神への冒瀆である。特攻花といふなら、桜こそふさはしいではないかといふことらしい。イデオロギー的な感傷のにほひもする世界だが、夏が訪れると、この北秋田の地にも一面にそれらしい花を目にする。

＊

一九六四年一月、勤務校、大館鳳鳴高校の山岳部部員五名が、青森県の岩木山で遭難、一名は生還したが、四名が死亡する。同僚七名と、遭難した生徒たちの迷走の足跡を鯵が沢方面から逆にたどり、原因の究明、実相の記録を「遭難誌」に遺した。

少年の吹雪に迷ふ知らざれば津軽は美しき　その岩木山

花の無明

このころ、いつものことながらいろいろあり、般若心経に惹かれる。二〇〇七年から二〇一〇年までの頃。

花

一生《ひとよ》透きいづくの空の宵あかりたをやかに散る花の無無明

たましひのここはいづこぞ道惑ひ花ばかりなる無無明尽《むむみやうじん》

夕かげもこの世のほかに匂ふ際《ま》のここは黄泉路《よみぢ》か空《くう》の須菩提《スブーティ》

子を打てば子の打ち返し傷負へる最北東に鶴翔《た》つ空か

子を殺《あや》め父をあやめて花の咲く薄墨催《もよ》ひ今宵帰らな

人を殺め「こんなにも幸せ」青年のつぶやくたまゆら太陽がいっぱい

幾いろか面《おもて》を見せて花の咲きはやも散りゆく　あはれ春とふ

かがよひてうつそみも透く若葉風そよぐ五月をさつきとはいふ

若葉隠《こも》りほーほほつけきよと誘《いざな》へるここは天路《あまぢ》か舍利弗《サーリプッタ》

老醜も我執もこほる吹き溜まりここは三途か目連《モッガラーナ》

わが前を過《よ》ぎれる者よ見上ぐれば髮束ねゐる観自在菩薩か

薬局を出でゆきしひとひたひたと観世か薬師かおぼろなる夕

つがなしき過ちをなす鬱の妻を腹より憤《いか》るわれの阿修羅は

わが無明脚曳く妻のあとを追ひおのも脚曳き道歩む身に

幼《をさな》より脚曳く姿背に見せて妻も歩むか妻の無明を

花と星

二〇〇六年五月四日の宵、その年の三月に枝を剪《き》り揃へた、わが家の庭の桜の花の真上あたりに、嘘のやうな話だが、冬から探し求めてゐたスピカがきれいな輝きを見せて現れた。

ごみ出しの夜半凍《い》てつける満天にわが思《も》ひに追ふ青白きスピカ

わが庭のさくらの細枝《ほそえ》繁れるを剪《き》らむ悲願に妻憑《つ》かれたり

剪られなば逝く日訣るる花のなきいかにかさびしさくら庭の木

剪る男《をとこ》元観光バスの運転手妻の友の夫《を》、梯子担ぎ来

妻《め》の請ひに梯子に男わが思ひも胸に収めてさくら枝を剪る

剪る男《を》渋く視覚はつひに収束形誤たずとらへ残すさくら枝

剪られても今年も咲くか咲く咲くと短詩形にて咲く花さくら

鬱の妻の思ひに剪りし枝にさくら四行詩ほどの花をつけたり

三月《やよひ》去り五月《さつき》こよひの南天に青白き星スピカ御身《おみ》やは

はるかスピカ二百五十年歩みきて夜ざくらの上《へ》にひとつ吐息す

スピカ顕《あ》れわが夜ざくらの上に憩ひ四行詩に点《さ》すまさしき睛《ひとみ》

少年の額に彫《ゑ》りし星・さくら冬の夜空に追ひ春空を尋《と》めゆかな

咲くさくら戴ける星人間《ひと》ならば鏤《ちりば》める星ほどに散りゆくはも花

海と軌道

原風景にいはゆる「南満洲鉄道」沿線李石寨《りーしーつぁい》の鉄道線路の光景がある。そこに川があり、遥か、しかしやがて身近となる海が繋がる。

遼寧省《れうねいしやう》若き兵哭《な》く撫順線杏の根方《ねかた》に担架は置きて

本渓湖《ほんけいこ》沿線橋頭、遼陽を経《へ》、ものごころつく李石寨《りーしーつぁい》

母の背に渡りし海の日本海、渤海・黄海潮《うしほ》のからき

撫順線通学列車窓に見し川に茜《あかね》色、犬喰ふ屍《かばね》

コールタール、枕木、犬釘、硝煙のにほふ大陸広軌・軌道

夏陽《なつび》没《い》り地平に軌道とほざかり少年の河川《かせん》遥けく、海へ

撫順発奉天・大連、青島《ちんたお》へ両親姉弟《おやこ》七人軌道、海継ぎ

車窓よりバットを銃に構ふれば連京線に父は叱りぬ

軌道沿ひはじめて見し涯《はて》ひたひたとうち寄する潮《しほ》くらき渤海

エメラルド・藍・玻璃・炭酸の沸きたてる激《はや》き波吐く黄海に入る

大連に埠頭の威容、船窓より赤き屋根口ぐちに「青島《ちんたお》」

涯《はて》しれず底ひもわかぬ戦慄の男浪《をなみ》水泡《みなわ》を吐ける黄海

夏夕を遊歩せし士官水兵に膠州湾海渡る風

遠泳に慣れむと少年浮きし湾ドイツ帝国造りし街、浜

命を受けし下帯白き一水兵荒なみ暗き海に入りゆく

少年ら修学旅行きりぎしに佇《た》てば軍港旅順夕なぎ

＊

海洋少年団員として軍艦に乗つた日、「日常性」と切りはなされた剝き出しの自然・海と、目には見えぬもう一つの─「国家」といふものであつたが─絶対的な力を実感させられるやうな世界に触れ、その前では自分がまつたく無力で小さな、頼りない存在であることを思ひ知らされる。幼少期はかういふ姿で遠退《とほの》かうとしてゐた。

めまひせし眼下の航跡《みを》に膠州湾刳《ゑぐ》られ軍艦・甲板《デッキ》、海揺れ

膠州湾軍艦の甲板《デッキ》の艫《とも》に茫然と少年水脈《みを》に曳かれ

それは、広大で荒々しい海を、水脈《みを》を曳いて分け進む知の集積体、強力な戦闘力と威容を見せつける「軍艦」であつた。実体は、間もなく海の藻屑と消える、自己の哲学を持たぬ巨大な鉄の器、歴史の誤算たる、虚妄な観念の創造物、まがまがしい力を誇示した物体にすぎなかつた、とも言へるのだが。

軍艦の鉄の曳きゆく水脈《みを》に呑まれ海を堕ちゆくその夏の葦

駅長の父もつ護身用拳銃の薬莢《やくけふ》を割り火薬をとりぬ

風に聞く連合艦隊すでになき海水浴場浪黝《なみくろ》き荒れ

岩浜に打ち上げし死魚竿をもち山東半島父と見し海

敗戦に開けむ未来日本を想ひみし日々少年期疾《と》き

米海兵青島港にふざけゐしヒロシマバーン、ナガサキバーン

甲板にくづれ落ちくる灘《なだ》の闇にのまれし底ＬＳＴの

老・死者を葬《はぶ》る弔砲ＬＳＴ対馬海峡海兵撃ちし

ＬＳＴ内海《うちうみ》に入り油凪ぎに時間とまりしながき夜の明け

佐世保湾青年ボートに大き日章旗振り「お帰りなさい祖国に」

焼け錆びし空母目刺しの潜水艦佐世保軍港朝明けに現れ

ＬＳＴ海より入れば目に熱き日本は島なす山野と焦土

ハッチより海兵の手の伸びきたり腕時計を捥《もぎ》り奪《と》られし

日本の箱庭の正月《はる》強奪と荷役《にやく》に踏みし浦頭《うらがしら》沖、浜

乗降者なきヒロシマに引揚者復員兵に息のむ停車

東京の駅の雑踏かきわけて引き揚げの荷を父と運びぬ

東京のまちに出で行き姉たちは烏賊《いか》を買ひ来し闇市よりとふ

乗務員暖とる榾火《ほたび》貨車に爆《は》ぜ後尾客車に移りさかりぬ

燃えさかり二本松駅に滑りこむや車窓をつぎて飛び降りのがれぬ

父と次姉《あね》最後に逃《のが》れ引き揚げ荷、貨車・後尾客車とともに燃え焼く

福島県二本松駅列車火事車窓ゆからく飛び降り逃れし

貨車の闇家族七人、父よ「にんげんばんじさいをうがうま」、か

狭軌・軌道日本にはしり山峡《やまかひ》に海とほそきて雪は降りしく

塩をもとめ父、次姉《あね》と三人《みたり》炬燵寝の一宿《ひとやど》の明け三陸の冬

米を背負ひ函館埠頭駆け抜けし日本に次姉《あね》の海も軌道も

函館にキャンデーくれし人も呑みし海峡《うみ》、洞爺丸夜を哭《おら》びし

めまひせし餓ゑ離《さか》る日に想ひ見ずき朝鮮戦争流す血のこと

暗澹《デスペレート》ユナイテッド・ニュース暗がりにスクリーン吹つ飛ぶジェット機轟音《Go on》！

ちびし歯を咬《か》みし軌条よ仙台をはだしに踏みて寮にもどりき

青森駅プラットホーム青森港カンパネルラを待てどまだ来ぬ

海を見むと青年《わがた》佇ちし青森湾岸壁浸《ひた》ししなまぐさきしほ

青森湾東北本線に乗るひとと奥羽「急行」待ちて別れぬ

安保逝《ゆ》き岩場にはやき日本海夕かたまけて別れ来たりぬ

花輪線東北本線発駅を発ちて仙台駅《せんだい》にひとと会ひしか

石油危機民宿洗ふ太平洋日本の太郎よ海が怖いか

時流れ佐世保尋《と》むれば米艦船海兵二世、出迎ふは浜猫

山手線流るる東京リリー・マルレーン一千万羽の夕、憂きからす

辿りきし海も軌道もからくして昭和史いたき平和、自由も

誦《ず》しやまぬ旧軍艦名に黙しえず激戦地名を並べてむとす

核、ボタンの押しちがひにも宙に飛び吹つとぶ地表、海も軌道も

パスカルの葦の思ひに畏れ見し荒き外海いま凪《な》ぎゐるか

昭和久米の子

一九三九年　八歳のころ

鞦韆《ぶらんこ》に乗れるわれを凝視《みつ》めゐし小孩《しあおはい》に向け石を投げつく

思ほえず小石当たれば小孩《しあおはい》は泣き泣き母親《まーま》のもとに帰れり

一九四四年　十三歳

成都より九州に向かふ米機らは突如青島《ちんたお》の基地を襲へり

煌《きら》めける水母《くらげ》のやうに膠州湾・青島高度上空に現れ

「この瞬間大丈夫だぜ」Ｂ29真上に仰ぎ中学生らは

行きがけの駄賃とばかり機銃掃射中国人に向けられたる

石段に煙管《きせる》持ち座す中国の老人ひとりを撃ちて去りにき

また、ある日は。

Ｐ51真一文字に流れ落ちぬ空爆後の空中戦に

海軍基地叩きし米機墜とされて機体は公開、市民に晒され

青島中学の生徒ら教師に引率されて見る。

青白き機体・操縦席生臭く米パイロットの影を焼きつけ

崔《さい》青年「賢イ中国人ハ見ニ行カナイネアノ飛行機」

一九四五年　十四、五歳

喧嘩《けんくわ》をし苛《いぢ》めゐたりし小孩《しあおはい》の「日本的飛行機《りーぺんとふぇいちー》！」指さしし空

頼りなき一機の日の丸小孩《しあおはい》の歓声は澄みわれは恥ぢにき

中国の学生高台にひつそりと英語読む夏戦《いくさ》終はりぬ

*

「大鼻子《たーぴーつ》好人《はおれん》」張《ちゃん》語りぬアメリカ人ハ好《よ》イヒトダッタのだらうか

青島港ヒロシマ　バーン、ナガサキ　バーンと若い海兵おどけて

無辜《むこ》の民をも空爆せし「重慶」の幾数倍もて襲はれたりき

われは見き引揚げの冬ヒロシマを一時停車の車窓のなかに

「解放」と歓喜するアジア人もありしとふヒロシマの日のこと

われは見きたまゆらにひとのなき茫々たるうつつ廃墟ヒロシマ

乗客のほとんどは、引揚げ者と復員兵であった。

乗客は一瞬凍りヒロシマを目に焼きつけて車両動きぬ

今に思へば　七十代

ふさはしき名辞ももたず絶望せる累々たる命ありしな

アメリカは誤つ彼らしも過誤と見、悔ゆる未来と逢《あ》はめ

輝くと見ゆる歴史に愚かなる過誤を刻める、民は踏み来し
大君《おほきみ》を神といただく民のいのち天《そら》・地とともに燃え、焼け、果て

*

海行かば　水漬《みづ》く屍《かばね》　山行かば　草生《む》す屍　大君の
辺《へ》にこそ死なめ　顧みはせじ　（万葉集）

祖国《くに》を離《か》れ水漬《みづ》く屍腐《く》ちし身に星いただく鉄兜を被《かぶ》れる

暗愚なる将の前線陸続《りくぞく》と餓・病・傷兵累々と死屍《しし》

御民我《われ》　生けるしるしあり　天地《あめつち》の　栄ゆる時に
あへらく思へば　（万葉集）

御民とし死なむしるしとて万葉集を手に兵遂げむとせしはも

顧みるいとまもあらず海、陸、空御楯の醜《しこ》とて帰らざる兵

今日よりは　顧みなくて　大君の　醜《しこ》のみ楯と
出で立つ我は
（万葉集）

水漬《みづ》く屍草生《む》す屍口にがき山椒《はじかみ》嚙みし昭和久米の子

みつみつし　久米の子等が　桓下《かきもと》に　植ゑし椒《はじかみ》　口ひひく
吾は忘れじ　撃ちてし止まむ
（古事記、久米歌）

そのことを今に思へばあはれなる「近代」日本の撃ちてし止まむは

地球観覧車

スピカといふ名に惹かれ、冬、春の夜空を追つてゐたら、家路の方角に、一段と赫《あか》く輝いてゐるアルクトゥルスに出遇つた。北極星と北斗七星しか知らなかつた目に、その延長線上、牛飼ひのアルクトゥルス、そしてさらにその先に、なんと乙女座のスピカが青白く輝いてゐたではないか。この二つの星をそれぞれ私と妻とに重ね、獅子座のデネボラを娘に、猟犬座のコロ・カロリを息子に重ねた。「春のダイヤモンド」である。バカバカしい話だが、それからといふもの、天球の四季が回《めぐ》り移り行く星座のさまざまが、次つぎに確かな姿を見せて私の頭上に展がる、目のさめるやうな夜々が訪れた。夜空、天球が自分の世界に繋がつた二〇〇六年から二〇〇七年のことだ。

あかあかと家路を照らす常夜灯アルクトゥルス灯す牛飼ひ

北極星、北斗七星目に追へばアルクトゥルス、乙女座スピカ

真耀《かがや》けるアルクトゥルス青白き麦の穂《スピカ》の点《とも》るわれの南天

母と娘《こ》の女神のあはれ春の宵傷を秘めしも明るきスピカ

春の夜をめぐるその身を横たへて乙女は捧ぐ麦の穂スピカ

七つ星、アルクトゥルス、スピカ　宵の家路にたどる大曲線

ああ「春の大三角」三点にアルクトゥルス、スピカ、デネボラ

コル・カロリ猟犬座のあはき星添ふれば四点「ダイヤモンド」に

北斗七星《おほぐま》を母ともしらで射むとせし天の小熊よ牛飼へる日に

小熊座の尻尾《しっぽ》にともる北極星ポラリス北極をやや逸《そ》れてゐて

逸《そ》れ行きてデネブ、べガらに惜しげなくその名譲らむさらば北極星《ポラリス》

星知らぬ妻に振り向き指させば金星明《あ》かく西の端《は》に映え

蛇つかひ牛飼ひさらにヘルクレス夜空を焦がす荒き男《を》の夏

彦星はわし座のアルタイル、織姫もこと座のベガなら異国星

天の川牽牛織女も天上の、地上の夏は暑く酷《きび》しき

天の川涼しき夏もときにはあれ目に流るるはおぼつかなき川

白鳥は首長く延べ落ち行けり牽牛織女を結ぶ最中《もなか》へ

アルタイル、ベガ、白鳥座デネブああ「夏の大三角」ユークリッドの

牡牛座《をうしざ》の肩に統《す》ばれる蛍星集《す》ばる星《ぼし》なら昴《すばる》あはかろ

大いなる天馬《ペガスス》の胴四つ星見上ぐれば秋　星ら撒き散れる

娘《アンドロメダ》お化け鯨に喰はれむを母カシオペア妃うろたへ狂ふ

母王妃とりわけ目にたつカシオペア、ケフェウス王は今宵も見えぬ

ペルセウス天馬《ペガスス》駆りて天翔《あまかけ》るアンドロメダ姫救ふさだめに

真南にぽおおと耀《あかる》きひとつ星フォーマルハウト秋の野末を

天球は夜々一度《いちど》弱《じやく》移り行き星座の四季を映し廻《めぐ》れる

W《カシオペア》梢《こずゑ》に差《さ》せば明日の夜も四分《ぷん》はやくこの枝《え》に差さむ

オリオンは蠍《さそり》に刺され蠍が嫌ひ星になつてもまことに嫌ひ

兄《アポロン》に月妹《アルテミス》謀られて射殺しし星座《ほし》狩人《オリオン》が好き

西天に夏の星座を追へる目にはや東天はシリウスの冬

師走の夜北斗七星傾《なだ》れ落つ北東空き地二十度あたりか

春遠くスピカ恋ふれば南天に豪華客船「冬の大六角」

プロキオン、シリウス、リゲル、アルデバラン、カペラ、ポルックス大六角形

窓までにオリオンの灯火《シャンデリア》星アルデバランの舷に昴《すばる》も

＊

人間《ひと》も母殺《あや》めし返り血、息子《こ》の母を捨てて娶《めと》れる業《カルマ》の箭《や》に

吊るさるる蛍光灯を目に追へばベッドは回《めぐ》るフーコーの世界

太陽の明日また昇る不可思議におどろく闇を神の臨《のぞ》ける

マトリョーシャ縊死《いし》するまでを覗きゐしスタヴローギンも神を畏れぬ

神などはない畏るべきは神は死し人間《ひと》の生《あ》れゐる現実《うつそみ》にこそ

下弦月・逆三日月の貼り付きし漆黒の天《そら》狐も凍てしと

あ金鍼《きんしん》　西空に、三日月家路の野の真夜をともし

満月《つき》の面《も》に見えずば「かぐや」月の背に回《めぐ》れや平安《きやう》の天女《ひと》の生《よ》も見に

太陽《ひ》を回《めぐ》る自転駆動観覧車《地球》、昼は地球《ち》の四季夜は天球《てん》に四季降る

太陽《ひ》を仰ぎ回《めぐ》れるよりも一回《めぐ》り多き回《めぐ》りに天球《てん》の四季顕《た》ち

美しく秘めし神意を映《うつ》さむと少年は購《あがな》ふ望遠鏡

傷負へる青き地球に望遠鏡光を追へば星立つる声

青き地球《ほし》声をひそめぬ渡る鳥、海・陸《くが》、人の笑《ゑ》まひ呻《うめ》きも

光速度三〇万キロ一秒間、一年掛ければ光年とふ距離

一年は三千万秒ほど光年は九兆キロをも超える距離《みちのり》

織姫は二十五年の彦星は十七年の昔の姿

アルクトゥルス三十七年スピカはも二百六十年昔の星光《ほしかげ》

つれづれに

地球儀

喜寿にしてえ手にせる地球儀と差しにて酌めば宵は深しな

南スーダンが独立して一九六国になるのはその後のこと。
面を画《かく》し一九五国写す球、地球を軽き地球儀として

たまきはるいのちのここだ呻《うめ》き地球《ほし》星惨たる生も一日は一日

ストーブの熱風襲ひ地球儀の南太平洋一夜に爛《ただ》る

二月《ふたつき》経《へ》二千円にて地球儀は修復されてもとにもどり来《く》

モンゴルにマンホールに住む子らがゐて十年経てもマンホールに住む

幸せさ僕らみんなにすくなくもこんな楽しい日があつたのだもの

モロッコの井戸壁につくドロ掻きを生業《なりはひ》とし男は一生《ひとよ》を

わが庭に高く鳴けるは家父長の懸命なる愛雉《きじ》の雄《を》つらきな

ついでに雉も。

われやもやフツかツチにか生まれなばツチかフツをか殺《あや》めたるはも

アフリカで。

殺すなら銃でと乞ひて金を出し金は奪はれ鉈《なた》で殺さる

報道カメラも残酷な。

少年の覆はむとして手を置ける肋《あばら》をも撮る飢餓追ふカメラは

腹すかぬつんつるまるき地球儀をごみ収集車はマンホールに捨つ

大館

一九四六年、引揚げ（十五歳のとき）後住みつき、今日にいたる。

上原敏は旧制大館中学校出身。「好いた女房に・・・」は敏の「妻恋道中」の一節。

住みつけば「敏」のふるさと「好《す》いた女房に三行り半を」など街に流れて

地上デジタル羽州街道からつかぜ幟旗はたはたとはためかせ

大館に出まれ他の地方で生涯を送つた三人、安藤昌益、狩野亨吉《かうきち》、小林多喜二。姿勢は異なるもののいづれも権力には手強《てごは》かつた。ちなみに出身地阿仁の「豊葦原瑞穂《とよあしはらみづほ》の国に生れ来て米が食へぬとは嘘のよな話」を詠んだ歌人、安成二郎は大館中学校中退。また反権力とは言へぬが、内藤湖南は鹿角市の人。

昌益も亨吉《かうきち》・多喜二も旅がらす江戸・明治・昭和の渡り鳥かよ

ついで、東海林太郎（旧制秋田中学校出身）の「旅笠道中」。さらに田端義夫の「大利根月夜」それぞれ一首。

きりたんぽ、忠犬ハチ公どこやらか夜が冷たい心が寒い

からつかぜ腕は自慢の千葉仕込み老人ふいによたつてゐる

＊

神無月美しき日にし死は一定《いちぢやう》あした天路《あまぢ》ゆ赤蜻蛉《あかね》群れ翔ぶ

かなしきはかなしきままに葬らな明日に向け駆るクール宅急便

遡り、引揚げて以来、足駄も履き馴れ。

陽のにほふまみ透く少女道を訊く夏の野面《のづら》を風に向かへば

さらに十年ほど遡り、次姉多恵のこと、十六歳で横浜正金銀行青島支店に勤め、給料日に岩波文庫の「ロシア文学」を買ひ読むことを楽しみにしてゐた。戦後の一時期行商などをし一家を助け、大学の学資の援助もしてくれる。その後も生涯両親、弟妹のために働き、二〇〇一年十一月死去。バッハの「マタイ受難曲」で送る。茨城の斎場で。

初俸給ロシア文学あがなへる大正に生《あ》れ凜たり、女《ひと》は

かなしきはひとときとして葬らなあねにうつくしきその一生《ひとよ》しもよ

それよりさらに六年遡り、一九九五年二月、義姉（妻の姉、麗子）が亡くなり、柩を安置した隣室で、妻とまんじりともせず過ごした夜のこと。東京で。

夜もすがら風鈴わたり死は一定喪屋《もや》いねがてに空しらみそめ

下つて二〇〇九年のこと、文学の話題で親しく交流のあつた、高校教師時代担任をしてゐたクラスのSさん（四十代）と、その六年後輩のHさん（三十代）とがそれぞれに亡くなる。突然の訃報に茫然としながらSさんは藤女、Hさんは萩女と称ぶのにふさはしい人だつたやうに思ひ出された。

死の通知遺《自記》して藤女《とうぢよ》癌に倒れ萩女《しうぢよ》は自死すこころを病みて

＊Sさんは素敵な短歌を詠み、「朝日歌壇」にも数多くの作品が掲載され、思ひ出のよすがを遺した。Hさんとは「ロシア文学」、「ポスト・モダン」、「春樹・ばなな」などにわたり話がつきなかつた。

好《よ》き人ら若きら逝きて遺れるは貧しきわれよただに老い病み

上原敏「裏町人生」。

満月よなまじかけるな薄情けこころがいのちの捨てどころだよ

二〇一〇年、二〇一一年。

そしてまた一日が来て月日めぐりバラが咲いたり雪が降つたり

雪の降り年の便りに帰ること戻りこぬこと帰らざるひと

八十はかかる悲しき日常の瑣事のごとしな潸潸《さんさん》と降る

備考

同年齢といふこともあつて、五十歳代の末で亡くなるまで、終生親しくした従兄弟の風晴保則のことは、「銀河鉄道」に託した四首で詠んだ。敗戦時、新京師範の生徒だつた彼は、戦後二年を経て、青森市に住んでゐた両親の許に遅れて一人で引揚げて来た。栄養失調にかかり、捕虜が着るやうなだぶだぶな服を着て。寮生が歌つてゐたといふ「桜咲いた咲いたステテコシャンシャン」など、いろいろな歌をうたつてくれた。私が彼を詠んだものは、大震災後に詠んだ「東北に桜咲いた咲いたジョバンニもだぶだぶ服着てステテコシャンシャン」外、第一歌集「モオツァルトは風」に入れた一首も含めて四首になる。

四季

あかときに翔《かけ》る白鳥の絶叫《こゑ》かなしいまし訣るる季節来たるも

風花を老い吾《あ》にまとふ西風に自転車を駆る坂、春は名のみの

天窓《てんまど》に桜、杉、栗の木末《こぬれ》見せ横臥するわれを過《よ》ぎる四季ある

間歇《かんけつ》に積雪《ゆき》撥ね落とす葦叢《あしむら》の沼に凍てつく静寂《しじま》裂く鍵盤楽器《チェレスタ》

雑歌

なんのこつちやら。

マリリンがかはいさうだつて泣いてたよアメリカが、オレも弔旗掲げて

前線の戦闘員の生命を守るなどといふ思想は、はやばやと捨てられてゐた日本皇軍。初期によく戦つたと言はれるゼロ戦にしても。

回天は天国めぐり銭のなき国には零式艦上戦闘《銭湯》機

中村錦之助と姜尚中《かんさんじゅん》氏。錦之助の「関の彌太ッペ」のＢＧＭに「アルビノーニのアダージョ」（レモ・ジャゾットの偽作と言はれてゐる）が使はれてゐるといふ思ひ込みで。この映画の音楽担当者は木下忠司。

アルビノーニ《レモ・ジャゾット》のアダージョむせび背に美学格好《かっこ》付け散る錦ちゃん彌太郎《やたっぺ》

彌太郎もシエーンも武蔵もストイック武蔵がバカならお通もデカかろ

「武蔵は」と吉川夫人「錦ちゃんが一番」尚中《さんじゅん》氏「時代劇でも」と

姜《かん》氏現《あ》れあいなき日曜美術館アートもさびし祝《ほ》きし常套句《ことのは》

東京—水と川と月—。

お茶ノ水山の上ホテルの宿鴉《やどがらす》流れる水はしよつぱいか

身のうちの闇より吼《ほ》えむ月も出ず利根川、江戸川朔《さく》の太郎よ

大館、雪の日。

「大丈夫？」「こいつは面白い」野良の犬、猫わが雪掻きを観照し

近所の県営住宅の庭で、珍しく男の子たち、ちゃんばらごっこ。

ちゃんばらも「おれの正体はヨン様だアンニョンハセヨ」などバカバカしき

ぢぢわれは「おれの正体はキムジョンイルだアンニョンハセヨ」と飛び入りしたき

父母の地のこと。二〇〇〇年、胃と胆嚢の全摘出手術を前に死を覚悟をしたころ、そして二〇一〇年のころのこと。

出羽・津軽吹雪哭《おら》べる父母の地は桜咲く日も真白き閻浮《えんぶ》

漕ぎ逝くは阿僧祇劫《あそうぎこふ》の父母《ぶも》を流れ陽の色に染《そ》みうち継げる川

絶対の死を想ひつつ流れ継《つ》ぎ立ち流れ逝く川波を追ひ

五月わが拳《こぶし》をあげて命もて打たば毀《こぼ》れむ鉄の時空も

皐月《さつき》けふわが掌《たなごころ》いのちもて翳《かざ》さばそらにひかり透くかぜ

卯月《うづき》けふ別れきつればこの街の桜は白しデュエットなども

また、ある年のこと。

大《おほ》い虹積乱雲立ち柔道の鈴木桂治は二度崩れ落つ

太陽、絵画、風呂のこと。

山巓《てん》に臨《のぞ》くやぐわらぐわら揺れ燃えてみるみるまるい水素・ヘリュウム

ドアと壁、妻の背とああその向かうに「　　」ハンマースホイ

揺れ透ける湯に映《て》るタイル、ガラス窓昼空鈍《にぶ》く夏ひかり射し

元気かい

元気かいペリカン便の市川くんローソンのオレ元気でゐるよ

江戸川のタロさんウツと聞いたけどタロさんのことだ元気になるよね

母さんはいま運転手やってるよ黄砂が降ってるなんて言ってね

ふざけてね直下型だなんて言ってるよグラン・ヴェールもさびれて仲間と

「インフラ」と「インフレ」「インフル」混乱し客足もまばら、けふも上司と

サブプライム金融の危機多摩川の空き缶に寄せ一キロ五〇円

娘がねパパのワールドだつてあの多摩川の野良とホームレスのこと

人と犬猫らそれぞれいとほしみ冬を迎へる神の多摩川

感に堪《た》へ犬「ブラブウオオ！」多摩川にホームレスの「今日の日はさようなら」

ホームレス不良少年の襲撃にバットをそなふバットよよろめくな

運ちやんがかんぽがどうのと政治論じ料金まちがへ安くなつてた

莫《モー》さんが尊敬するつて廃墟から復興遂げた時代の日本人《ひと》を

*

正体は君だつたのかヒッグス君宇宙、生命《いのち》のなべて重きは

文学と世界を過《よ》ぎる窓

平成十二年に胃がんが見つかり、胃全部と胆囊の摘出手術を受けた。それ以後十二年あまりの年月は、与えられた寿命の付録のような気がする。付録を含めて八十二年間の長い歳月を生きたが、このお粗末な自分の八十二年の年月に比べ、近代日本が歩んできた歴史のもっとも大きな傷、日清戦争から太平洋戦争・第二次世界大戦の終結までの戦争の歴史は、まことに長い道のりであったように思われる。しかし数えてみると、それは実に五十一年間の歴史にすぎず、ロシア革命に始まり、その体制崩壊により幕が下りたソビエト国家の歴史にしても、七十四年間、意外に長くはないのである。いずれもその歴史に多くの流血、思想の悲劇を刻んだ。渦中に身を置き、そこに生き、死んだ人々の多くは、自分が投げ出された状況の客観的な意味、生を支えた思想の真の意味を理解、納得するすべもなく逝ったと思う。

この度も私にとり歌を作る過程は、自分の無知と向き合う過程でもあった。はからずも避けて生きてきた大きな課題を正面に据える年月ともなった。その一つは自分が生きてきた時代の歴史のこと、もう一つは、私が十代からそれに添うようにして、生きてきた文学のことである。

昭和七年に、父が南満洲鉄道に職場を変え、渡満して以降家族が、日清、日露、第一次世界大戦の戦跡地域の周辺を転々として移り暮らし、そういう環境の中で自分が育った。その事に思いを馳せると、なんともいえない感懐にとらわれる。

満洲事変、日中戦争、太平洋戦争は、十四歳までの自分の生活環境であり、それはとりもなおさず、幼少時代の内面に息づいている歴史でもある。その後、敗戦によって始めて見た日本での生活には、まったくそれまでの生活とは違い、飢餓と表裏に生命の自由と、未知数を抱えた「未来」があった。ちょうどものを考えはじめる少年期の後期、青年期にさしかかる年頃にこの状況を迎えたこと、大人にさしかかる年頃に、戦後民主主義がふさわしいシーンを提供してくれ、そこにいささかなりとも、人生と呼びうるものがあったということに一種の感慨がある。

戦後民主主義は、しかしきれいごとばかりではなかった。解放と表裏に、はやくも第三次大戦を呼び込みかねない朝鮮戦争が起こり、その状況の流れに備えられ、現実化したもう一つの顔があった。それにつながる冷戦時代の、メーデー事件、安保、ベトナム、全共闘、七十年安保という歴史言語で語られる政治の季節である。しかし季節とは文学的な表現で、むろんそれは戦後史を動かした主要な状況、その実体であった。

ソビエトの体制崩壊までに、あるいはその崩壊後、多くの歴史の真実が明らかになった。それとともに、われわれが生きてきた世界の病理の処方箋も、真実にふさわしい姿に書き換えられねばならない。そういう思いにさそわれる時代が訪れた。徐々に、あるいは突然にわれわれはそのことに気付くのだが、茫然とするばかりで、頼るべきだれかがいるわけでもなく、それまで頼っていた前世代の知性は生きてはいたようだが、気がつくとどういうわけか、どこにも見当たらなかったのである。

しかし時が経つにつれ、時代の流れに遅れがちに歩いている私にも、少しずつ見るべきものが見えてきた。戦後史の、それぞれのシーンに働いた政治、経済の力学の本当の姿は、その渦中で思い描いていた、というより思い描かされていた像とは、大分違っていた。もし安保条約が結ばれていなかったら、どういう状況になっていたろう。そういうことが考えさせられ、その仮定の歴史の構図さえ、目に見えるような気のする時代がきた。歴史を仮定で論ずることを禁じ手にすることは、時には精神の怠惰であるように思われる。そして他方、今にして思えば六十年安保闘争は——安保そのものへの反対だというわけでもない、いろいろな立場があったわけだが——完全に無意味、誤りであった、と単純に結論づけるのも、また思考の別種の怠惰ではないかと思いもする。

新たな姿で見えてくる歴史像の中で、最後まで私に、その実体について理解しきれないものが残ったのは、「一九六八年」の歴史であり、その核心部分の意味であった。「ベトナム」・「七十年安保」への思いとつながって、当時の学生運動に対しては、心情的に私なりの共感があった。

その客観的な姿が見えるようになるには、団塊の世代、全共闘世代の回顧的記述や分析には、不足のものがあった。その不足の部分を埋めてくれたのは、むしろその後の世代の、私より三十歳ほど若い研究者が、多くの資料に基づいて書いた著書である。資料が出揃い、それを客観的に扱うことができ、それを聡明に実行する研究者が現れるについては、それだけの時間を要したのであろう。私はその事に驚き、そしてその私よりはるかに若い著者に対する、敬意と感謝の気持ちを胸に刻んでいる。

過去の歴史が、その等身大でわれわれの前に姿を見せ始めつつある一方、北朝鮮が自国の核兵器所有の正当性を公然と口にし始める。今日、日本を取り巻き日本の近代史に深く関わってきた国、中国、ロシア、アメリカに加えて四カ国が、核兵器を所有する時代の現実が目の前にあることを想像する時、私は呆然とする。そこから新たに展開する未来の像は、茫漠としてほとんど見えない。不安にかられて、ある時は過去の歴史に遡り、今日の歴史状況を理解しようと試みるが、せいぜい、日本が近代化直前の幕末に見た世界史にまで遡ったところで、慨嘆、思考停止に陥る。人類の営みが地球レベルの矛盾に直面しつつある中で、それぞれの国、発展の先進、後進を問わず、例外なくいずれもその国固有の、あるいは共有の政治的、経済的内部矛盾に悩み、さらに国家、民族、宗教、階層間の対立はとどまることを知らない。

世界有数の知識人が世界的な課題について、翌年事態がどうなっているかを予想したところ、その多くの予想が外れていた。何年かそういう知的ゲームが行われたが、結果は同じであった。昔そういう話を読んだ記憶がある。一年後の事を予知することが不可能であるとすると、十年後の事が分からぬのは明らかなことであろう。今から半世紀も前のことだから、今日の世界の様相は、さらに複雑になり、未来の不透明、予知不可能の度は深まっているはずである。そのような未来に向き合い、われわれに可能なことは、――とは言っても、私自身、余命から見てそのような立場にはないが――できる限り多くの情報を手にし、個々の立つ場所からそれぞれの声を発していくほかはないのであろうか。

さて文学のことである。今日文学の衰退、終焉さえも口にされることが多い。私には、文学のみならず文化、というより文化の中核としての芸術全体に、その兆候が現れてきているような気がしてならない。

かつてある時期まで、われわれには日常自然に口にのぼる幾人かの著名な詩人、画家の名前があった。ある時、詩人のふりをしているが、本当のことを言えば私は詩人ではない、言葉どおりではないが、谷川俊太郎のそういう言葉をめぐって書かれた文章を読んだ。たしかに「二十億光年の孤独」の俊太郎は詩人であったが、――フアンは怒るかもしれぬが――今日の俊太郎は、詩人というよりエンターテイナーと言うのがふさわしいように思われ、その詩人ではないという言葉に、私は、生来の谷川俊太郎の聡明さを見たと思った。考えてみれば、数編の格別にすぐれた詩を作った人は十分に、詩人と呼ばれてもいいのだが。

ところがこの話には私の大きな誤解があり、俊太郎の最近の言葉と思った言葉は、一九六八年の、『鳥羽』という作品の中のフレーズで、三好達治のような伝統的、古い詩は作らないという現代詩宣言のようなものだった、と大岡信の発言があることを後日知った。お粗末な話だが、誤解の上に立った私の俊太郎への見方は、私の偽らぬ一面の本音ではあるものの、遅まきながら『鳥羽』を読むと、私の誤解は紛れもないが、大岡氏の解釈にも無理があり、この有名な――私は知らなかったが――フレーズは、この詩の命で、『鳥羽』という詩の要に置かれ、この詩をありきたりから救っていたのである。

それはそれとして、近代芸術は「経済」に結びつくことで発展を遂げ、考えてみれば当然の成り行きともいえることだが、今日ではそれ自体消耗品化していく傾向が助長されている。もうキルヒナーも国吉康雄も、ボードレールも朔太郎もいない。挙げた名が古すぎたが、もう少し新しい名を並べたところで、事情は変らない。

小学校の友人に絵のうまい子がいた。後に小磯良平の門を叩いたが、方向を変え、結局商業デザイナーとして成功した。ある時期からデザイン界の作品も、芸術として認知されてきていたから、彼の表現意欲も十分満たされていたことであろう。しかし今日嘱目され著名度の高い画家や、多くの口にのぼるデザイナーはいるのであろうか。私が疎いだけなのかもしれないが、私は知らない。

詩の世界でも、ある時期から名はそこそこに知られていても、その人の作品となると、ほとんど見えなくなってきている、そういう実情があることは紛れもない。

私は、自分や妻の病気や身内の死や、生きることのもろもろの難儀に、重たい心で夜のベッドにもぐりこむとき、石垣りんを読むと、詩を通し彼女が生きた人生や、その人柄が実に身近に感じられ、これを文学と呼ばずに何が文学だろうと思ったりすることがある。

光太郎、白秋以後の詩人を相撲の番付――二人より前の詩は、土俵の大きさも、場所数も違う別のルールの相撲として扱い――でランクづけする楽しみに一人ふけることがあるが、小結から十両に転落した女流詩人もいる中で、石垣りんは小結の座にあり微動だにしない。ちなみに光太郎は大関、小結間に揺れている。朔太郎は『氷島』時代の作品を含めて、賢治は一連の妹トシへの挽歌によって横綱。光晴、十三郎、薫、獏、白秋、達治、重治、中也、吉野弘、小熊秀雄、村野四郎……。三役と前頭との間を行き来している実力層は、まだまだいる。

しかし荒地以後の（特別に西脇順三郎も入れ）旗幟鮮明な現代詩は、かろうじておおよそ鮎川信夫、黒田三郎あたりを三役に置き、私に難解なものは、当然ながら、評価不能として留保せざるをえない。確かに現代詩が、自らを近代詩から切り離し、近代詩が苦手とした時代や社会や思想に視線を向けようとした意図は鮮明であり、その意義は認められて当然である。部分的には成功もしている。しかしそこに育った「難解派」とも呼ぶべき詩人に、俊太郎、りん、吉野弘たちの分かりやすい詩人たちの作品を傍系とし、自らを現代詩の本流とする資格がある、とは私には思えない。難解派の多くのものは、情念と観念とを格闘させて見せるが、思想と取り組んでいるかに見えて、その思想は見えてこない。酷薄な中国寒村の一シーンに、イコンめいた毛沢東像を刻んだり、深遠な倫理をにおわせるものが、単に政治参加《アンガージュマン》する自らへの陶酔であったりする。荒廃、不透明、生きづらさ、不条理めく現代シーン、密儀、神話、寓話、古きものへの拝跪、現実と格闘する深刻そうな情念、身振り、とりわけ暗喩への偏執は十分に伝わる。

マラルメはドガに「詩は観念ではなく言葉で作るのだ」と言った。私は短歌の世界の用語での「言葉派」には疑問をもつものの、言葉が詩の生命であることにはすこしの疑いも抱いていない。しかし融通が利くからといって言葉を甘くみてはならない。暗喩を重宝しすぎて、硬い木材に力任せに打ち込んで、曲がってしまった釘を使っていい建物、木工品ができるとも思えない。もっともそういう作品こそ、本物の現代芸術だという見方もありえよう。評価の決着は、好き好きの話で終わる。その辺に文学、広く芸術、文化の評価の難しさ、その隠れた本質もありそうに思われる。

文学の衰退、滅亡については多くの人が認め、その実情はもはや否定しえないような様相をも呈している。しかしそのこと以上に、人により文学という名でくくられるものの実態の違いが、ここにきて明白に見えるようになり、私は愕然とする。ある人には、真の文学はホメロスであり、シェークスピアであり、ゲーテである。ある人には源氏物語、そして谷崎、川端、三島である。ある人には……。しかもそれぞれには、それぞれの愛好にふさわしいところの嫌忌する文学がある。

文学の衰退ということと、人により文学の意味するものが相違するということとは、もともとは別な話だが、今日、それは連動して浮かび上がってきた問題のように思われる。

進歩史観が崩れて、世界の歴史像を描く基軸が折れ、歴史の方向は、当然のことながら、個々の人々の生きる方向性の喪失を伴いながら、見えにくくなった。文学史は書き直されねばならない。そういう時代がきたかに思われるものの、それを支える機軸が、どこかにあるようにも見えない。既成の文学史に押さえ込まれていた本音が、勝手に言えるようになり、正論がどこにあるか判然としない中で、個々のどういう偏執も、いくつかの力が作用して新たな文学史の勢力となりうる。しかし文学史の成立は依然として困難であり、それらしいものが現れるとしても、ささやかな作品年鑑、文学風俗史、私家版文学史の装いで提供されるに過ぎない。

ここ数年、日本の近、現代文学の、私の中の文学史上の空白、食わずぎらいで、敬遠してきた明治、大正の大家たちや、大江以降の芥川賞受賞者とその周辺にいる作家の作品を、真正面から読み直し、また新たにも読んだ。そして改めて考えさせられた事がいくつかあった。例えば、評価の高い谷崎の『卍』、『蓼食ふ虫』などの作品が、日ごろ私が文学と考えている世界と、あまりにも接点のなさすぎることが分かり、衝撃を受けた。谷崎については、時代により評価に大きな揺れがあったはずだが、最近は大谷崎というビッグネームで、日本近代文学の中央の座にでんと据えられている。不思議な風景のように思われるが、世界に大谷崎として通用すれば、日本にとってはありがたいということなのであろうか。あまり騒ぎ立てられる様子もない。しかし私には、人の生きることの意味を問うロシア文学の世界が、ぐんぐん遠のいていく時代の様相と軌を一にする現象ではないかと、思われてならない。

そのような様相に呼応するかのように、最近トルストイの『アンナ・カレーニナ』をメロドラマだと言い切る作家が現れる。姦通を扱った通俗小説だという俗説は昔からあったので、それ自体は驚くに値しないが、このような見方が新たな装いで現れ、常識として受け入れられていく。私は、それこそこの通俗的な、『アンナ・カレーニナ』メロドラマ論の口直しに、トーマス・マンの『アンナ・カレーニナ論』、ローザ・ルクセンブルクの『社会を思索したトルストイ』を読み返す。前者は、例外なく通俗な論から完全に見落とされているか、それらが理解しえないレーヴィンの世界にしっかりとした目を向け、後者はトルストイの弱点にも触れながら、彼女の政治的立場にかかわらず、その文学の揺るぎない偉大さを論じ、間然するところがない。

また先日、私はそのいい読者とはいえないゴーリキーが、『レフ・トルストイ』の中で、トルストイの死去の電報を受け取った時の様子を描いた一場面を読み、ゴーリキーの思い出にあるトルストイ像の、凄みさえ帯びた描写に心を打たれた。それとは別に、亡命中、百度も『アンナ・カレーニナ』を読み返していたというレーニンが、どれほどトルストイの偉大さを理解し、ロシアの誇りとしていたかが分かる一場面が、ゴーリキーの『ヴェ・イ・レーニン』の文章にあることを知った。レーニンは『ロシア革命の鏡としてのレフ・トルストイ』で、トルストイの思想の盲点を容赦なく衝いている。トルストイの思想を、革命運動の歩みの中での農民の立ち遅れ、弱さの反映として捉える分析は、多分に公式的なものだが、不思議に今日読んでも、下手に反論できないような説得力がある。おそらくその説得力は、トルストイ主義の限界は限界として、トルストイ文学への評価、トルストイに対する深い理解、愛のあるところから来ているという事実は、紛れもない。トルストイの死後、ゴーリキーがレーニンを訪ねると、机の上に「戦争と平和」がのっていた。「猟のシーンが読みたくなって」とレーニンが言ったという。

『戦争と平和』を読み通したのは、退職してからだが、枕元の書棚に置いていつでも手に取れるようにしている書物の一つである。これも先日、適当にページを開くと、ナポレオン軍が退却する場面であった。この場面は、時代的には、私がこのページを読むちょうど二百年前の、一八一二年のことである。私に、ナポレオン軍の兵隊に共鳴するいわれはないわけだが、怒濤のように敗走するナポレオン軍の兵の、すこしでも早く捕虜になり、置かれている極限の苦痛から逃れたい、しかしそれが不可能という困難な状況が、読み手の私にも起こる可能性として、あるいは、過去に類似の体験があったかに思わせるような筆力で展開される。トルストイのリアリズムは、とてつもなく強靱な精神の背骨をもった思考、人間と人生に対する愛情、人と社会に向けられた鋭い洞察、観察、批判力によって支えられている。その作品の描写が、人間の生の輝きにも、生の難儀にも肉薄してくるものだということは、私には疑いえぬ実感である。

ドストエフスキーの『カラマーゾフの兄弟』は、高校三年の時に結末まで読んだ。今思えば、扇風機もない夏を通してよく読んだものだと思う。それ以来私は、アリョーシャのファンである。昔の読者のドストエフスキーをめぐっての哲学的な論議も、書かれるはずの第二部では、アリョーシャが皇帝暗殺計画者となり、死刑台に上ることになるだろうというような、最近の読者の謎解きにも私はあまり関心がない。『罪と罰』は、翌年大学に入った年に読んだが、飢えと隣合わせの寮生活を送っていた私は、ラスコーリニコフを自分の分身のように思って読んだ。この作品の要は、エピローグにあると思っている。ラスコーリニコフの犯した罪の全貌、その本質がここで明瞭な姿をとって明らかになる。私の読み方では、どうしてもそうならざるをえない。ラスコーリニコフの更生の瞬間は、エピローグの最後に訪れるが、流刑地、シベリアでの、更生の瞬間にいたるまでのラスコーリニコフとソーニャとの姿を追う描写は、他の文学作品にはない、凝縮されたたいへん美しい、心を打つ場面である。私には、この場面のトーンはどうしても米川正夫の翻訳でなくてはならない。

『悪霊』は、難解というより、作品そのものが問題を多く抱えた作品のように思う。全共闘時代の過激派の動向の結末を見、その全貌が明らかになったころ、初めて私には『悪霊』の世界が過不足なく理解された。過激派を生む時代の潮流の中で、前世代の知識層が関わる実態も、他人事ではなく考えさせられた。この小説の大きな力の一つはそこにある。しかしこの小説には、私に身近に思われるような、感情移入しやすい人物――たとえば『白痴』でのムイシュキン公爵のような――が見当たらない。登場人物には、比較的好意的に描かれている者はいても、作者の強い愛情が注がれていると思われるような人物はいない。小人物、得体の知れないそれぞれの、心理、行動、置かれている状況、性格なども一通り描かれてはいるが、人物の全体像が見えず、バフチンの言う「カーニバル」を盛り上げる役どころを演じているといえば、そう見えなくもない。

しかしこの作品の凄みは、自殺する前にチホン僧正に宛てたスタヴローギンの「告白」にある。マトリョーシアが、自殺する前にスタヴローギンに見せるしぐさの描写から、彼女が納屋で首をつる様子を、納屋の隙間からスタヴローギンが覗き見終わるまでの酷薄な場面には、その場に私自身がいると思わせるような臨場感がある。夕陽が斜めに射しこみ、その中で一匹の蝿が飛んでいる。下の中庭に荷馬車が入ってくる。仕立て職人が歌っている。鉢植えのゼラニウムの葉の上の小さい赤い蜘蛛をスタヴローギンではなく、私が眺めている。一種の悩ましさに似た感情が呼び寄せられ、過去に見た情景だなと錯覚する。しかも実際には、首をつる逐一ははぶかれているのだが、マトリョーシアの首をつる一つ一つの仕草が描かれていた、と私は長年思っていた。私の内のスタヴローギンが、その逐一を見ているのである。この数年後スタヴローギンも自殺をするが、その時の情景は簡潔だが、スタヴローギンが首にやさしく当たるように絹紐を使い、それに石鹸をぬっていたことをも書き込んでいる。私は二人の自殺の場面を混同してもいたらしい。

人間の悪をトルストイが描く場合、悪の外に立ち、悪の内面まで厳しく掘り下げて描くが、ドストエフスキーのように、読み手の内に、読み手の内の悪を引き寄せ、それが読み手自身のものと思わせるような生まなましさでは描かれない。悪は、トルストイでは、外からの、あるいは内面の裁く目にさらされ、ドストエフスキーでは、それが神か己れなのか分からぬが、或るものから見られている、凝視する目、覗き入る視線にさらされるのである。「キリストが真理の外にあっても、そのときは私は真理よりキリストの側にいたい」。私はこのドストエフスキーの言葉が好きだ。騙されているのかもしれないが、そこら辺に、私のドストエフスキーへの評価の本音があるのだから、やむをえない。

チェーホフは、高校三年生の時、姉に気のあったらしい弘前市の青年が、当時としては装丁の立派なチェーホフの著作集だったか、全集だったかを貸してくれた。二、三冊ずつ汽車通学をしていた私に、駅までせっせと持ってきては貸してくれた。受験勉強をそっちのけにして、おかげでチェーホフは読まされたというべきか、いずれにしろ大分読んだ。チェーホフの作品中最高と思うのは、当時から一貫して変らず、『退屈な話』である。いまでもチェーホフでは『退屈な話』が一番いいと言う人がいると、分かっているなあと思い、嬉しい。この、六十二歳の勅任官、名誉教授ニコラーイ・ステパーノヴィチの繰り言、『退屈な話』にカーチャという女性が登場する。

彼女は劇団女優になるが、やがて恋、自殺未遂、赤ん坊の死、下り坂の人生の中ですっかり自堕落になり、生き方を見失う。父親代わりに彼女を見守ってきたステパーノヴィチにその苦悩を訴え、すがるようにその答えを問う。死を前に自分の人生に絶望しているステパーノヴィチには、カーチャがどう生きればいいのか、その問いには答えようがない。カーチャはコーカサスへ去っていく。その場面は、心に深い余韻を残す詩に昇華している。ロシア文学は多くの魅力的な女性を描いたが、魅力的とはいえないが、カーチャほど内面にまで入りこんでくる女性はあまりいない。チェーホフが六十二歳の主人公の目を通して、女性を捉える手法を使っているからだろう。日本の現代詩や短歌にも女性を歌って、これほどの高い品質で詩に刻んだものを、私は知らない。『退屈な話』は、翻訳にしても、文体のトーンに命がある。中村白葉、湯浅芳子の翻訳がいい。

大学二年のまだ十代であった教養部時代までに、ロシア文学は一応卒業し、将来の教師への就職を考えた末、本学部に進むと学科は国文科を選んだものの、日本古典はごめんこうむって、小林秀雄経由でヴァレリーやアランを読み、特にヴァレリーはこのころから私の二十歳代の十年間を支えた。母校の教師になり、『小林秀雄の沈黙』（『奥羽文学』・第10号記念号）という、ややややぼったいタイトルの評論を始めて書いたところが、小林の長年の親友の河上徹太郎から「かういふ人間的な、温かい批評がない折柄、大変心強く感じました』というはがきがきて驚いた。後で、当時五十四歳の河上氏が二十六歳の私を、少なくとも四十歳以上と読み違いをしていたということを知った。平野謙にも『若い人たちへの苦言』（『文学界』、昭和三十五年5月特別号）で、「私の記憶のメモに刻まれてある」評論二編中の一編として取り上げられ、予想外の事であったので、重ね重ね嬉しかった。今でもこの若書きの文章の、ヴァレリーを小林秀雄に結びつけた部分は気に入っている。これを書き終えたあと、私は、安保改定の時期が近づく足音の中で、次第に現実の社会に目を転じ、左旋回に舵を切ろうと思い、事実そうなってしまったので、河上氏の好意にはついに応えられなかった。

安保闘争の翌年、三十歳になっていた私は、私なりの安保論として『江藤淳論』（『奥羽文学』第二次10号特集）を書いた。江藤は左旋回から右旋回に入り、小林秀雄批判から安保闘争を機に小林を肯定する『小林秀雄』を書いていた。私は自分より若い江藤の『夏目漱石』に感心し、左旋回して書かれた『奴隷の思想を排す』、『作家は行動する』にも目を見張った。この旋回の裏には、それぞれ埴谷雄高や大岡昇平の示唆、支援があった事を後に知るが、安保当時サルトルを読みまくっていた私の文章は、サルトルの想像力論も取り入れ、右旋回の江藤の論の弱さを批判しつつ、その旋回を惜しむ論になっていた。この評論を、『日本読書新聞』（昭和三十八年五月十三日）で磯田光一が次のように取り上げた。

田村は「夏目漱石」以来の江藤の歩みを驚くべき丹念さをもって、安保闘争後の彼の思想的転換を後づけている。『小林秀雄』の中に「生」の論理の放棄による後退を見る田村の立場は、『小林秀雄』を「明暗」論の延長上に置き思想の相対化を通じてその個人主義の模索と見る私自身の見解とは多分に対立するが、それは結局、ヒューマニズムへの信頼の度合いが田村と私とでは相当に異なるからであろう。しかし、私の見解などに関係なく、この田村の論文が独立した強い説得力をもっていることは否定できない。

また『文藝』(第6号)では中田耕治が一言「強靱な論理」、同じく『文藝』(第4号)の匿名(k)は「江藤淳の変貌をみごとに裁断していく論理と説得力に何かいらだたしい力業を思わせるものがあって……」と書いてくれ、それぞれの反応を嬉しく思った。

六十年安保闘争のこのころは、市民左派とでもいうべき立場をとっていた私は、その後サルトルにのめり込み、サルトルは、三十歳代の政治の季節、六十年安保後から七十年安保にわたっての私を支えた。この間日本ではサルトルブームが起こっているが、本場のフランスでは、すでにサルトルの影響力は翳り、サルトルの時代は過去のものになりつつあったのである。なんという遅い歩みであったろうか。

その後も私の左旋回はとどまらず、社会主義は紆余曲折の道を辿るにしろ、歴史の究極の法則としてのマルクス主義は、疑いえぬと思うようになる。期せずして、サルトルの未来の青写真の引き写しが、私の思想の基軸となっていた。四十、五十歳代の二十年間にわたる、思えばいかにも長い年月であった。

東欧諸国、ソ連の体制崩壊、北朝鮮、中国の現状が明らかになるにつれ、私はややと言えばいいのか、かなりと言うのがふさわしいのか、自分では言い切れぬようなレベルで保守的になる。しかし目を患ったサルトルが、構造主義に追い落とされ、毛沢東路線に突っ走り奮闘する、迷走の様子が漫画的に見えたとき、一方では無念でならず、その後、哲学者の木田元が、『哀悼J・P・サルトル』で、サルトルの拠って立つ「人間とか人間主義《ヒューマニズム》という概念は、近代ヨーロッパの市民社会において形成されてきたものであり、……その澱を払拭するためには、一度徹底的に解体されねばならないものかもしれない」としながらも、「おのれ自身の生き方によって裏打ちしながら、これほどまでに人間とその主体的自由に強い希望をもちうる思想家は、もうふたたびわれわれのもとに現れることはないであろう」と書いた文章に、強く共鳴した。

木田氏はサルトルの哲学の業績をあまり評価せず、文学もそれほど買ってはいないが、彼の批評だけは第一級品だと認めている。私は、サルトルの哲学については、それらしい輪郭をつかんだと勝手に思うこととし、『弁証法的理性批判』の三分の一あたりまできて、ほんとうかいなという思いとともに完全に挫折した。戯曲、小説は大方読み、自分が、現に生きている時代の最前線に晒され、その厳しさを突きつけられる、そういう世界として読んだ。そういう状況と真っ向から切り結び、われわれに問いかけてきたのが、サルトルの作品であったと思う。大作の『自由の道』はまともに読んだものの、ドス・パソス風に時代や状況の雰囲気を伝えるわりに、全体的には、ヘミングウェイ経由のカミュの『ペスト』に比べ、かなり粗っぽいという印象を受けた。しかしサルトルの批評は、今も読むときがあり、そのあるものには、サルトルにしてはじめて書かれ、彼なしには書かれなかったというような新しさで、私に迫るものがある。

マルクス主義を前方に見て実存主義の道を歩む、そこまでは、当時思想を口にする者に往々見られた傾向、今にして思えば流行だったとも言えるが、私の場合、神を有するトルストイの人道主義が、神のないサルトルの人間主義《ヒューマニズム》に取って代わられたという一面もあった。しかも複雑なのは、サルトルづけになっていた時期にも、一方、二十歳代の私の内に根を下ろしたヴァレリーの文学観、世界観が、深く尾を引いていた事情である。

私は、現実の場に立たされる時、内面をも含めた自分の一切を、集団の規範に委ね切ることができない。それこそ私の身丈に合わせた「実存」を防波堤とすることで、おおよそは、厳しい状況に置かれても、ぎりぎりの選択の決定を下す「自由」を、自分の内に温存して行動した。私の立ち位置での言い分にも遁辞の匂いがあるとすれば、私のような個の立ち場の片方には、政治集団を嚮導する一部の、というより一人のトップの思想と権限が、権威化、特権化、権力化される実態があり、そこにはよほど目を凝らさなくては見えてこないような、巧緻な構造があったということも事実である。今になってみれば明らかである。しかも実存が防波堤なら、ヴァレリーが、当時も現実への私のもう一つの牆壁、砦であった。

木田元氏は『思想における野性の復活を』の中で哲学を、それが引かれることによって、思いがけない角度から歴史の流れや社会の動きが見えてくる、幾何学の補助線のようなものだと言っている。なるほどなあと思うと同時に、芸術（文学）は哲学とは違い、直接、感覚や言葉を通して感情に働きかけ、人間の生や世界への認識を深め、豊かにし、また思想は、哲学にも芸術にも隣接し、三者はお互いにそれぞれを源泉とし、浸透し合ってわれわれの生を支えているのではなかろうか、と思ったりもする。私の二十歳代にも、大小の文学や思想との出会いらしいものがあったが、ヴァレリーとの出会いは、その中の最も大きなものであった。

一八七一年、パリ・コミューンの年に、ヴァレリーは生まれた。十九世紀のフランスは、前世紀に起きた市民革命の後、七月革命、二月革命を経、それぞれが反動の打撃に見舞われる歴史を辿る中、知的に成熟していった文学者は、とくに一八四八年の二月革命へ托した、大きな期待が裏切られたという思いを強く抱く。彼らは、独裁化、腐敗していく政治、特権化していくブルジョアジーへの嫌悪から、現実を遮断する文学の壁を築いていった。ボードレール（象徴主義）、フローベール（写実主義）、ルコント・ド・リール（高踏主義）らである。ユゴーのロマン主義を完全に否定するところから始まったフランス象徴主義は、マラルメを経て、ヴァレリーにいたると、フローベールの写実主義、ゾラの自然主義をも否定した。ヴァレリーの小説嫌いには徹底したものがあった。彼は、人間の内の精神の全的可能性に信頼を寄せ、思考にいささかの虚偽も許さぬ明晰を求めた。

ヴァレリーは言う。スタンダールの文体は、彼が意識してみごとに自分の性格を模倣して書くところから生み出されたものだ。彼の文学の本質の、自己に対する誠実性は、彼自身の、自分の誠実性を自分に対して装う気取りではないか。この自分に対する誠実性なるものは、そこに〈意志〉が混入することで、真実らしく見える、「作られた真実という虚偽」に陥るものだと、なかなか手厳しい。フローベールは、写実主義の教義――日常の平凡なことへ目を注ぐ――と、作家の本質的な野心、名士として衆に抜きん出たいという意志の対立する中で、芸術的な文体を作り出したが、この文体は、「現実」の「真実」を写しとるのではなく、それとは別種の、お手製の「真実」を発明したにすぎない。その写実の芸術的文体は、わざとらしい技巧という印象をまぬがれえてはいない。虚飾をそぎ落とし、ストイックな描写で卓越していると言われたフローベールの文体にも、ヴァレリーの視線は辛辣である。

プルーストの『失われた時』に対する批評は次のようだ。プルーストは、行動自体によってではなく、他の作家が簡単に飛び越えていたものを無限に分割し、最小の形象《イマージュ》の連鎖により「人生」を捉えた。記憶が記憶と組み合わされ、想念が他の想念と入れ替わり展開し、魂が創造するさまざまな宝、その豊かで苦悩する内的生命の諸機能を、皮相的な社交界の表現に適応させた。そのことで皮相的な一社交界像は、一つの深い作品となった、と。ヴァレリーは、同年齢で、死去して間もないプルーストに、まずこういうお愛想を言う。そして、しかしその「社交界」という対象は、彼がそれを描くに要した丹念さ、張り詰めた注意力、彼の知性に値したものだったのだろうかと、オブラートに包んだ嫌みを添える。次いで真っ向から、社交界そのものを鋭く衝く。社交界の交流や話題の中に、政治や金銭やお洒落や文学や家柄という、実体と離れた抽象が飛び交う。そこに巣食う人物個々は、それぞれの抽象の代表なのだが、その人物たちが、生きた実体であるそれ自身を持ち寄ることで、一紙片が紙幣となるように、巧緻な作家の意図のために、素晴らしく好都合な一種の信用価値を生むことになった、と。プルーストの死去に際して捧げた、ヴァレリーのプルーストへのオマージュ『頌（プルースト）』の内容を、手短く私がまとめると以上のようになる。一読何を誉めているのか、貶しているのか分からぬような文章だが、ヴァレリーならではの芸で、見事に言うべきことは言い切っている。

　ヴァレリーは、小説には書く過程を通じて虚偽が混じり、それを読む読者もその世界を真実と見ることで、もう一つの虚偽に犯される、つまり小説は二重の虚偽によって成立しているのだと言う。ヴァレリーの観点に立てば、私の敬愛してやまぬロシア文学も、当然虚偽の上に成り立っていることになる。アンナの仕草や苦悩にも、カーチャの絶望にも、ピエールの善意や行動の一つひとつにも嘘付けと言える視点、そう言っていい権利、いや言わなくてはならなくなる。また私が、ヴァレリーの観点に完全に立てば、偉大な文豪も、金銭欲や名声欲や、彼らを取り巻く文壇や世情の力学に無縁でありえたはずもなく、それらは、作品の見せる真実らしさに背馳する不純、不透明、一種の虚偽ではないかと言わなくてはならなくなる。

『戦争と平和』の時代背景は一八一二年のことで、これをトルストイが執筆したのは、五十二年後の一八六四年から六年間にわたる。半世紀前のナポレオンのロシア遠征の戦は、これを書いた十年ほど前にトルストイ自身参加した、クリミア戦争の実戦体験や、厖大な資料を読み込んだ努力や彼の並みはずれた天才をもってしても、描かれた一つ一つの現場とそれが構成する全体像の生まの姿は、また別なものではなかったか。そう思うことも当然可能である。言葉で括られず、茫漠として曖昧な直截的な現実を、われわれはそれぞれが置かれた異なる状況の中で、自らの切迫した日常の現実として生きている、それが一面の事実でもあるからだ。

すぐれた小説は、現実を真実の姿として見せるが、それはその作家が彼の言葉で切り取った真実であり、われわれはその真実らしさを、これこそ真実として読む。ヴァレリーはそこに小説の根源的な陥穽があると見た。通念に対するそのような厳しさは、小説に向けられるだけではなく、芸術や、文化にとどまらず、人間や社会や歴史や世界のすべてを見るときの視点に、欠かせないものではないか。二十歳代の私は、ヴァレリーをそのように読み、そこに安易には否定しえぬ新鮮な視点があることに目を見張り、次いでその評論の明晰さ、文章の格調に惹かれ、古本を買いひたすら読み続けた。原書も揃え、気に入ったところは原書のその部分を拾い読みもした。

しかし考えてみれば、われわれが生きているということは、現実とかかわることであり、そのかかわりの中でいささかなりとも、現実世界とも、他者とも、それと向き合っている自分とも対話をしている。発声のない言語や、言語化される直前の感覚でも自分と対話し、現実や他者と向き合っている。直接に現実や他者と対話しながら、自分とも向き合っている。われわれはそのようにして現実を生き、またそのようにして現実をやり過ごしながら日々を過ごしている。しかも日常、自分の生を時間の連続の中で意識し、言葉にくくり、物語りの一シーンとしても捉え、失望したり、元気づけたりもしている。われわれはそのことを、十分に意識しながら生きてもいる。そのように考えるとき、われわれの生が物語と結びつくのは、むしろ自然であったろう。

事実、そのような背景のもとに物語が生まれ、その発展の過程に小説が生まれる。やがて、一九世紀のいわゆるロシア文学を頂点とした数々の小説と、それに相応する多数の読者が生まれた。読者が増え、時代状況、世相、風潮が移り変わるにつれ、小説のコンセプトや方法にも変容が生じる。小説へ求めるものも多様化し、どのような小説が求められるかが、新たな問題として浮上する。

先日、ネットのウェブサイトで、二〇〇七年に現代英米作家一二五人によって投票された『愛読書のトップ10』という記事を見た。その結果を見ると、「時代を超えての部門」では、一位『アンナ・カレーニナ』、二位『ボヴァリー夫人』、三位『戦争と平和』、四位『ロリータ』、五位

『ハックルベリー・フィンの冒険』、六位『ハムレット』、七位『グレート・ギャツビー』、八位『失われた時を求めて』、九位『アントン・チェーホフ小説集』、十位『ミドルマーチ』というふうで、私の思惑からさほどかけ離れてはいなかった。この中、一・二・三・九位は私の愛読書でもあり、八位は肌には合わぬが、ささやかな敬意の対象、五位は好意の、六位は敬遠の対象、七位は見当はつき、四位はかすかに見当はつくものの、読むことはない対象、十位は見当もつかない対象といったところで、これはという作品、作家も、多くこぼれ落ちている。この『愛読書のトップ10』の結果に、小説への評価の揺るぎない、したたかさを見ることもできるし、また逆にそれを、たまたま選ばれて投票した作家たちの拠って立つ世界、文学観、好みの反映とも見ることができる。ある作品は特定の読者には神だが、別の読者には紙屑でしかないとも言える。このような小説（戯曲）愛読書投票の結果が、ヴァレリーの文学観を裏切っているものなのか、逆に裏付けているものなのかは、私には言いようがない。

ヴァレリーがはじめてマラルメを訪ねたのは、十九歳のときであった。十七歳の頃マラルメの『海の微風』、『窓』などの詩と出会っていたヴァレリーにとって、矛盾しているようだが、マラルメを畏敬して訪問し交流が始まる頃には、すでに文学は一切の価値を失いかけていた。

音楽が独立した芸術の一世界であるように、日常性にまみれた散文の澱《おり》を洗い落とした言葉で、詩をその世界にまで高める。浪漫主義の大詩人、ユゴーが頼った霊感などによらず、明晰に意識化された知的営為として、それはなされる。ヴァレリーが「音楽から自分たち詩人の富を取り戻す」と言った象徴主義の世界は、おおよそそんなところか。言葉は、音楽の音符や楽器のように、詩を純粋な芸術に仕上げる道具となり、詩はストイックな知性、鋭敏な言語感覚、精緻な「技巧」の世界となる。アメリカの詩人エドガー・ポーの『詩の原理』に示唆され、ポーより十二歳年下のボードレールがフランスにもたらした世界である。その世界を、極限にまで押し進めたのがボードレールより二十一歳若いマラルメだった。マラルメの詩はきわめて難解で、信奉者は神のように仰いだものの、それは少数であった。その少数者の最高にあり、マラルメの世界を継承したのが、マラルメより二十九歳年下のヴァレリーである。マラルメと出会った当時、青年ヴァレリーは、十九歳年上のロヴィラ夫人への片思いに悶々としながら、一方、情念—恋愛や、快楽や、苦悶など—の〈激しい〉ものを恐れ、憎んだ。同時に曖昧さ、恣意的なもの、想像力がでっちあげるものを排除し、精神の明断さを追求したいという思いで、悲劇や喜劇を嫌悪し、小説を否定した。そして文学では唯一マラルメが文学の化身として、内面の精神秩序の場に据えられていたのである。

ヴァレリーの評論は、詩と批評にあざなわれ、明晰な知性と文学的表現によって、私には文学の文学のように思われる。中でも、『最後のマラルメ訪問』は美しく、知性と品性により、批評が詩に昇華したような文章である。二十六歳のヴァレリーは、小説のみならず、思考の厳密さ、その全面的な誠実さを追及することと、文学それ自体の営みが背馳することに悩む。その悩みを師と仰ぎ、父とも慕うマラルメに打ち明けたいと思う。文学放棄の決意を打ち明けることは、その決意自体が師の精細正確な分析、探究によってもたらせられたものと告白することに繋がれば、師への真の賛辞として、これ以上のものはないとも思う。マラルメは「結局、世界は一冊の美しい本にたどり着くために造られている」と言い、自分の内の最高の読者のためにのみ思索し、詩を書いた。その人に、文学を棄てる決意を告白することは、ヴァレリーには、ついにできない。

二十六歳のヴァレリーが、五十五歳の師のマラルメを訪ねた『最後のマラルメ訪問』の文章の終わりは、おおよそ次のようである。括弧外は、私の要約である。

「私たちは野辺に出た。《技巧の》詩人は最も素朴は花々を摘んだ。」はてしない青空、太陽の下ですべてのものが、形をとどめずに破壊されつづける、目くるめく白熱境——音楽から受ける印象にも似た——を夢想しながら思う。「詩もまた観念窯変《ようへん》の究極の遊具《たわむれ》ではあるまいかと……

早くも黄金色に染まりはじめた晩夏の野づらを私に指さして、マラルメは言った。《見たまえ、あれが大地に打ちおろす秋のシンバルの第一撃だよ》

秋がきたとき、彼はもういなかった。」

『最後のマラルメ訪問』は、五十二歳で二十六年前を振り返り書かれたものだが、この文学との訣別前に、ヴァレリーは、権威ある『ジュルナル・デ・デバ』誌で激賞された『オルフェ』を含む少なくとも四十編以上の詩と、小論文以外に、『レオナルド・ダ・ヴィンチの方法序説』と『テスト氏との一夜』を書いている。

一九四二年、上空には英軍、地上には独軍が跳梁する時期、七十歳のヴァレリーはブリュッセルで『詩についての思い出』という講演をする。「われわれは後ろ向きに未来へ入っていく」という、名せりふとして知られた自分の言葉を否定しながら、ヴァレリーはおおよそ次のように語る。すべて生きている人間は、彼が生きているそのこと自体により、自分の人生と異なる無数の人生への可能性を持つ。われわれはそれぞれがその存在の始めに、無数に多くの可能的人物でなかったら存在しえない。瞬間は過ぎ去る。われわれが身を置くもろもろの偶然事にはとらわれることなく、自己が自己であるもの、自己が強く欲するものを信頼し、われわれは自分が想像するより、遥かに豊かな全体の一部であることを感じるようにならなくてはならない、と。ドイツが敗北し、日本が降伏して大戦が終結する直前の、七月二十日にヴァレリーは亡くなる。その三年前の講演である。

二十三歳で書いた『レオナルド・ダ・ヴィンチの方法序説』で、ヴァレリーは万能のひとダ・ビンチの偉業の背後に、精神を貫く「方法」を見、その「方法」をヴァレリー自身の内面の分析を通じ再構成し、人間の精神の全面的な可能性、普遍性を追求しようとした。その追求の主題は、四十八年後に行われた『詩についての思い出』の講演の主題に繋がり、鮮明に共振する。

二十一歳で創造され、二十二歳で書き始め、その後書き継がれていった一連の作品の主人公が「テスト氏」である。二十一歳のヴァレリーは、曖昧なもの、不純なもの、自分を見失わせる激しい情念、名声に惹かれる偏執などを、内面から追放したい――文学から訣別した動機もそこにあったのだが――と思う。そしてそれは、やがて「最も強力な頭脳、最も鋭敏な発明家、思想を最も正確に認識する人々とは、無名の人々であり、自分を出し惜しみし、自己主張せずに死んでいった人々だ」という思いにたどり着く。この想念から、一人の人間に何ができるか、そのさまざまな機能と限界を考え、精神の法則を発見したかに見えながら書きもしないし、読みもしない「テスト氏」という特異な人物像が生まれた。『テスト氏との一夜』と『レオナルド・ダ・ヴィンチの方法序説』は、同じ観念から生まれた、見かけの相反する双生児である。

ヴァレリーについては、今日多くの研究があり、私生活、恋愛遍歴なども明らかになる。なるほどと思い、それはそれで一つの真実だろうと思うことで、ヴァレリーの文学の軌跡への私の思いは揺るがない、それでいいと思う。

文学との訣別後のヴァレリーの生活の一シーンとして、部屋に黒板を持ち込んで数学にふける姿を友人のジードが描いている。文学からの訣別後、ほぼ十四、五年ほど経た四十歳のころ、ガリマール書店からジードを通じ、作品の出版の依頼が来たことをきっかけに、ヴァレリーは再び文学の世界にもどる。ヴァレリーが真のヴァレリーとしての姿を現すのは、これ以降だと私は思っている。ヴァレリーが好きで、畏敬もしていたジードは（ヴァレリーはジードの小説を認めていないのだが）ヴァレリーの作品では詩より評論がいいと言い、哲学者のアランは、詩を高く評価し、ヴァレリーの高貴な精神が凡俗な小人国の鎖、アカデミー的、儀礼的な宴会や上品な談話に繋がれていく姿を、心から惜しんだ。私にはヴァレリーの詩は難解だが、その評論は文学の質としては、最高のものではないかと思っている。儀礼的な講演にも、ヴァレリーならではの、品のある芸があっていいものがあると思っている。『ヴェルレーヌの通った道』をはじめ作家論が好きだが（小林秀雄の『中原中也の思ひ出』、『島木健作』、作家論とは違うが、広く見ると『モオツァルト』等は、ヴァレリーのこれらの作家論の一支流を思わせるが）、文明、歴史、政治について書かれた一九三〇年以降のものもいい。とくに『地中海の感興』など、ヨーロッパ、特に地中海が近代、人間の知的、精神的なものの中心にあるというあたりは、問題にすれば大いに問題にはなるが、私は抵抗なく読み、全体を美しいとも思う。講演ではあるが、好きな文章として幾度も読む。サルトルは後に触れるが、三十四歳上のヴァレリーに一突きをくらわせるものの、サルトルの脇の甘さは、彼の文章が書かれる前に、すでにヴァレリーにきれいに斬られていると思わせる文章が、ヴァレリーにはある。歴史や政治についても、今から見ても、目の醒めるような文もある。しかし評論で一篇を選ぶとすれば、『ドガ・ダンス・デッサン』であろう。三十七歳年上で親交のあった画家ドガについて書いたもので、私は文学の微積分のようだと勝手に思い込んでいる。

志賀直哉は、吉田健一の訳のものを読み、「書かれたドガも偉い画家だと思ふが、書いてゐるヴァレリイも立派な人だといふ感じを随所で受ける」と書いている。志賀は、『アンナ・カレーニナ』を中心に、一貫してトルストイを高く評価し、『戦争と平和』はついに読むことがなかったようだが、チェホンテから脱皮したチェーホフや、意外なようだがジードへの評価も比較的高い。初期にはモーパッサンの影響を受け、ゴーリキーなどもよく読んでいる。フローベールの小説の質の高さには驚きを隠さず、日本では人物を敬愛した漱石をよく読み、独歩を好きだとして愛読している。文学に限らず親友の武者小路からの影響が強かったことは、周知のことだが、改めてこれらのことを確認し、同時に志賀が否定した文学のことも分かるにつれ、志賀直哉とその文学に納得する以上のものを感じる。

さてサルトルのことである。サルトルはヴァレリーより三十四歳若いが、日本では、ヴァレリーより四歳年上の漱石と、サルトルより三歳年上の小林秀雄の年齢差が三十五歳である。ちなみに漱石は慶応三年、大政奉還の年に、ヴァレリーはその四年後の一八七一年、パリ・コミューンの年に生まれている。小林は一九〇二年、日英同盟協和条約調印の年に、その三年後の日露戦争終結の年にサルトルは生まれた。

そのサルトルは、ヴァレリー以上に複雑な思想構造の展開を見せる。一九四七年に書かれた『文学とは何か』では、マラルメのガラスのような沈黙と、「テスト氏」の沈黙とを取り上げ、「テスト氏」をその本質において、あらゆるコミュニケーションを不純物と見なしているというかどで批判する。創造（作品）は、それを享受する読み手を通じて始めて完成する。「あらゆる文学は呼びかけである」とするサルトルの文学観からの批判である。また二人を含む十九世紀後半の文学は、「輝かしく死にかかった」と斬られ、「その文学の極点は虚無」であり、新しい精神性には何ら積極的なものがなく、それらの文学が簡単に、また純粋に時代的、歴史的なものを否定したことを衝いた。

『文学とは何か』では、政治・集団の行動と人間・個人の善意とのジレンマに、文学がどう関わっていくかが、大きな課題となっているが、サルトルはそれを次のような形で展開する。

仮にわれわれが革命的な企図に身を投ずるなら、多くのひと、仲間をさえ、行動の論理により手段としてあつかう危険を冒すことになる。一方善意で家族や友人、貧しい人を目的としてあつかうことに熱中すると、階級闘争、植民地主義、ユダヤ人排斥主義などの時代の不正を見逃すことになろう。以下、この矛盾を解決する処方箋に文学が登場する。

まず文学の書き手は、自分の美の感情が、意識せずにその中に包み込んでいる道徳への要請のもとに書く。サルトルによれば、それは一般に読者の共有する人間への善意を、歴史化するということにも繋がるのだが。つまりわれわれの願い、理想は、人間による人間の搾取を廃棄するというところにあるが、それは、それが実現する歴史のいかなる過程においても、人間を手段ではなく、目的として扱うという条件を伴っていなくてはならない。その条件の下で進展する歴史の究極に、はじめてわれわれの理想は現実のものになる、そのことを、読み手に理解されるように書き手は書くべきなのだ、と。まず文学における美的感情が、人間を目的とする人間解放を目指す道徳と結び付けられ、次にその道徳が、人間が手段にならぬ未来社会を招来するために、つまり理想の現実化のために、人間を手段としがちな政治を牽制しつつ、同時にその政治とも手を結ぶ。文学はそのことを読者に納得させる方向に向けて書かれるべきだ。サルトルのこの時代における「文学と政治」論の骨格は、ほぼこういうところであろう。

そして『文学とは何か』は、おおよそ次のように結ばれる。これも私の要約だが。文学を不滅とする保証はなにもない。今日文学に機会《チャンス》があれば、ヨーロッパ、社会主義、デモクラシー、平和にも機会がある。文学は集団に反省と熟慮をうながし、それをたえず修正、改良していく。書くという芸術は、人間が作っていくものであり、人間が自らを選ぶことで、必然的に文学それ自体の在り方をも選ぶものだ。それが単にプロパガンダか、娯楽にすぎぬものであれば、人間の社会は、昆虫類や軟体動物の生活に転落するであろう。むろんすべてそういうことはたいして重要なことではないし、世界は文学なしでも結構やっていけるかもしれぬ。人間がいなくても世界は結構やっていけるかもしれないのだ、と。サルトルはなかなかすごい事を言ってのける。

『文学とは何か』が書かれたのは、サルトルの四十一歳の時だが、その五年ほど後に書かれた『マラルメ（一八四二―一八九八）』と『マラルメの現実参加』では、一般に「現実参加」と訳される「アンガージュマン」に、五年前に否定したはずのマラルメの文学が繰り込まれ、「フランス最大の詩人」とまで評価される。詩の世界に閉じこもったマラルメが、ややもすると政治への行動を思わせる「現実参加」にどのような説明で結びつくのだろう。サルトルが変ったのか、ヴァレリーやアランに対する評価にも揺れはあるが、マラルメに対する評価の揺れは格別に大きい。サルトルは自分の内の政治と文学との、理念と好みとの亀裂の中で、ダブルスタンダードの病に陥っているのではなかろうか。

サルトルは『マラルメの現実参加』の前半を、フランスの十九世紀後半の文学者を生んだ時代背景の分析に当てている。弁証法的唯物論的な手法を文学的に包んでと言っていいのか、分析はくどいほど詳細に展開され、なるほどこんなものだったのかと思わせられる。以下、これを少々荒っぽくピックアップし、手を加えて要約する。

「王殺し」が「神殺し」と同義語だという認識は、ルイ十六世の処刑に遡って、すでにブルジョアジーの意識にある。一八三〇年、七月王政時代に入ると、非キリスト教化は進行し、一八四八年二月革命で王政が瓦解し、もともと信仰を持たぬブルジョアジーではあったが、それまで自分たちを守ってくれていた最後の「覆い」を剥がされる。「詩」も同時に、伝統的な「人間」と「神」という二つのテーマを失う。十九世紀後半を生きる文学者、詩人の辿る道は悲惨だ。フローベールが特に厳しくサルトルの槍玉にあげられる。神が失われるとともに、「人間」がフローベールの憎悪の対象となり、二月革命での挫折から彼はブルジョアジーを憎悪し、パリ・コミューンではコミューン派を恐れ、ブルジョアジーに手を差し伸べて共棲の道を歩む。ボードレールは内心の忘我、恍惚のために神を利用するが、同時に神の実在を拒否するという不正直な方法を心得ていた。神の不在の現実は「偶然」の坩堝となる。「神の摂理」に支えられていた芸術の時代は終わり、詩が金になる時代も過去のものとなる。ボードレールより一世代後のヴェルレーヌ、マラルメの時代がくる。象徴詩派はみな貧しく、神の保証を失った芸術は信じられぬとはいえ、保証する神がない以上、芸術に自分の信仰を捧げる以外に道はない。そこまで詩人は追い詰められていった。

『マラルメの現実参加』では、以上の時代背景の分析の後に、マラルメ個人の問題が、「精神分析」、「実存的精神分析」的なにおいの手法で縷々展開される。六歳で母親を亡くしたこと、官吏の祖父、父の家系の子であることから、マラルメという詩人の現実拒否、「虚無」の世界が生成される経緯を執拗なまでの筆致で描く。

『方法の問題』でサルトルは、「ヴァレリーが、一個のプチ・ブル・インテリだということは疑いえない。しかしすべてのプチ・ブル・インテリが、ヴァレリーであるわけはない」と言い、マルクス主義の視点の弱点を衝いた。同じ言い方で、マラルメは六歳で母を失い、二代続いた官吏の子だが、六歳で母を失い、二代続いた官吏の子が、みなマラルメになるわけでもあるまい、とサルトルに言いたいが、これはまずい言い方になろうか。とはいえ「精神分析」には、使い手のトラウマか、もしくはバイアスのかかった固定観念が付きまとっているように、私には思われてならない。

それにしても十九世紀後半に生き、現実に背を向け壁を築き、その中でひたすら芸術を疑いつつ信奉し、孤独で貧困な詩人たちから、サルトルが一人マラルメを「現実参加」の偉大な詩人に祭り上げた根拠はなんであろう。何か所かニュアンスの微妙に違う説明があるが、これがサルトル自身、内面の葛藤と格闘しているような文で、分かりにくい。ピックアップしていて要約する。

詩人は実人生や作品の上で、神を失った人間の悲惨を意識的に演じるが、その多くの演技は不徹底で頓挫し、倦怠、情念、お涙頂戴、ナルシシズムに身を委ねる。彼らは愚鈍で、凡庸な詩人であり、多様に矛盾した状況の全体を、研ぎ澄ました緊張感で選択し、要約することができない。「詩的観念」は退化し、思考というよりはその外界依存の無気力さで、「事物」それ自体と異ならない。このような受動的、客観的（非主体的）状況を打破するには、一人の人間が、その問題を内面の課題、自らの個の証しとし、その「逆説」・「人間の現実」を最大の矛盾の下に歩き、ついには精神的死に到る、そこまでして生きる必要がある。それを実行したのが、マラルメであったと。

　サルトルの、「マラルメのアンガージュマン」説は、多くの人が理解に苦しむところだったらしく、彼との『対談』、『対話』に再三取り上げられている。その中でのサルトルの発言をピックアップして要約すると、まず、「アンガージュマン」という言葉で表したいと思ったのは、「文学の美とは全体であろうと欲する点」にあって、「いたずらに美そのものをおい求めることにあるのではない。ある全体（tout）だけが美しくありうる」ということだったのだ、と。そして「文学に記された一つひとつの言葉が、人間と社会とのあらゆる地平になり響かないならば、文学はなにも意味しないことになる。ひとつの時代の文学とは、その時代の文学によって導かれた時代そのもの」なのだ、とも。マラルメは「時代を拒否していたけれども、これを移行期として、トンネルとして見まもっていた」。詩の秘教めくところには、ブルジョア的愚劣さへの拒否があった。マラルメはいずれ「人間の劇《ドラマ》であると同時に世界の運動でもあり、季節の悲劇的な回帰でもあるような悲劇」が、著者の姿は観衆には見えない、彼自身の作品ともいえぬような、「万人から万人に」与えられた傑作として、演じられるのを観賞することになろう、と考えていた。彼は「彼のオルフェウス的、悲劇的な詩の概念を個人的な秘教主義《エルメチスム》よりはむしろ、民衆の共同の交わり《コミュニオン》の方に結びつけて考えていた」のだと。

サルトルはこの悲劇の話の出典については語っていないが、この未来に生まれるはずのマラルメの「悲劇」は、後に触れるトルストイの理想の芸術に、驚くほど通じるところがある。マラルメがサルトルを通して、マラルメを徹底して嫌ったトルストイに、かすかには繋がる奇跡もあったということか。

別の『対談』では、次のようなことを語る。自殺と詩は等しいものだ。マラルメは、自殺をしようという意志を一度も捨てなかった。彼の死を妨げた詩は、引き延ばされた自殺そのものだ。コンドルセ中学に通勤する途中の陸橋を通る毎日、身を投げたいという思いに捉えられる、そのつど思いとどまり、詩を書いた。書くことによって生きながらえていた。詩がこのようにして書かれることこそ、政治への参加とは異なるものの、まさしく「全的なアンガージュマン」なのだ、と。

時代に条件づけられ、幼少期に条件づけられて、自分の生命を賭けて書く。それは、自分が生きた時代の思想、文化、人間の問題のすべてに参加することであり、そのような「参加」こそ、広義のアンガージュマンなのだ、とサルトルは考えたのだろう。

マラルメは一八四二年から一八九八年まで生きた。マラルメが死んで七年後に生まれたサルトルは、「マラルメはいい時に死んだ」と言ったが、一九世紀の後半を生き、その「時代の終焉」に、「時代の文学の終焉」を重ねたマラルメへの、サルトル風のオマージュであったのだろう。

一九六六年に来日した時の『対談』の中で、サルトルは、ヴァレリーと同年生まれのプルーストの影響を大きく受け、ヴァレリーからも影響を受け、ヴァレリーの二歳年上のジードからの影響はなく、三歳年上のアランからは間接的な影響を受けた。ヴァレリーよりマラルメの方がずっと好きだったと率直に語っている。これは、「飢えて死ぬ一人の子供を前にして、『嘔吐』には必要な重みがない」と語った二年後のことである。

『文学とは何か』には、道徳の普遍性を疑わなかったアランたちの世代とは異なり、第一次世界大戦を経、第二次世界大戦前後に登場したサルトルらの世代が背負った文学・思想の様相を詳しく記した部分がある。ヨーロッパ全土を戦火に包んだ第一次世界大戦から始まり、第二次世界大戦、さらにそれに続く変動の歴史は、サルトルの世代から見れば、前々世代のアランやヴァレリーたちが信じていた歴史、文化、道徳の普遍性を粉砕したものであったのだ。サルトルが見せた時々による評価基準の変化や、思想の変貌さえも、予知を許さぬ時代や世界の現実、歴史の機軸の変移、政治力学の流動化の中では、やむをえぬものだったように思われてならない。サルトルは、たいへんな時代を正面から引き受け、時々の局面では過ちを犯しながらも知的誠実を貫き、知識人として一時代を先導した大きな存在だったなと私は思う。

さてマラルメより十四年前に生まれたトルストイは、『芸術とはなにか』で五十人以上の哲学者、学者、思想家の美に関する説を一つひとつ取り上げて一蹴し、芸術のあらゆるジャンルに土足で踏み込み、鉄槌を下した。彼らの唱える美学は、本来なら人生の「善悪」に結び付けられるべき芸術の価値を、「快楽」に結びつけていると、史上錚々たるメンバー、カント、ヘーゲル、ショーペンハウエル、テーヌ、ダーウイン等々を束ねて裁断する。芸術の評価は善悪を基準としなければならないが、その善悪の基準は宗教にある。万人それぞれが自らを神の子として認め、神と人、人と人とが相互に結び合うことを認め合う、そういう意識を促すところに人類の進歩がある。真のキリスト教の示すところはそこにあって、キリスト教に拠る芸術が、現代の真に唯一の芸術たるゆえんもここにあると言う。「人間を目的として人間解放を目指すこと」、「人間による人間の搾取を廃棄すること」を道徳として、その道徳を文学に結びつけるサルトルの文学観と、「万人が同胞であること」、「人と人とが平等に結び合うこと」を善として、その善を芸術の最終目的に置くトルストイの芸術観とは、なんと似ていることだろう。その道徳、善を支えるところに、それぞれマルクスとキリストを置く点を除いては、目指すところも、論理構成もほとんど同じではないか。もっともそれぞれが具体的に作品に向けた評価基準は、まったく違うものになっていて、マラルメに対する評価などは、笑うほかはないほど両者は逆向きに基準を立てている。ちなみにトルストイとサルトルの年齢差は七十七歳、サルトルが生まれた五年後にトルストイは亡くなる。両者は五年間だけこの世界に生を共にしていたということになる。サルトルが生まれた日露戦争終結の年から、トルストイが亡くなるまでの五年間である。トルストイは一九一〇年に亡くなるが、この年、韓国併合に関する日韓条約が調印され、第二回日露協定（秘密協定で日露が満洲の権益を分割）が成立、この年に『白樺』が創刊された。ちなみにこの年より二十七年遡った一八八三年にマルクスが亡くなり、同じ年に志賀直哉が生まれた。

さてトルストイにこのような大鉈が振るわれると、やわな近代芸術はひとたまりもない。当然、当時流行のフランス象徴主義は、トルストイの攻撃の格好の餌食となる。ボードレールは、デカダン、卑賤な感情、人工的、わざとらしいひとりよがり。ヴェルレーヌは、無気力なだらしなさから救われようと、お粗末きわまるカトリック式偶像崇拝にすがる。マラルメは何の意味もなく不可解、曖昧さを教義として祭り上げられている、と。確かに痛いところを衝いている。私には朔太郎は理解されるが、その一割ぐらいの雰囲気の外、理解しえないといってよいマラルメについて、トルストイに反論したくても、その足場は脆弱過ぎる。しかも混乱、自家撞着に陥りながら、とどまる事を知らぬ、この巨大なモンスターの怒りには、幾分かの強い説得力があることも否定しえない。ベートーヴェンの『第九』にはすさまじいばかりの精力で襲いかかる。複雑な催眠術にかけられるように教育されていれば別だが、そうでない人々を結びつけることなどはありえない。それどころか、正常な一般大衆が、『第九』を聴き、不可解な海に沈む短い断片以外のなにかを理解しうるなどとは、とうてい想像できない。シルレルの『歓喜』の詩の思想は喜びの感情が人々を結びつけ、愛を呼び起こすというものだが、ベートーヴェンの曲はその思想を裏切り、一部の人々をのみ結びつけ、一般大衆を彼らから切り離している、と。

『第九』は私の好きな曲だが、それも私自身この曲を聴き慣れて以降のことで、それ以前のことを思うと、一概にトルストイの立場での評価を、完全な誤りだとは言えないのではないかという気もする。それぞれの人の置かれた生活環境や、所与の条件を抜きにしては語れない問題もある。しかしクラシック音楽と民謡の両方を好きになるということは、大いにありうるが、万人の心に文句なしの共鳴を呼び起こす芸術が、万人に享受される状況ということとなると、首を傾げるほかはない。トルストイなる巨人に宗教、神を、また人間、万人を持ち出されても、私の理解では、下部構造の変容でいかなる未来が訪れるにしろ、ますます複雑になっていくと思われる社会に、その状況の可能性ははなはだ疑わしい。にもかかわらずトルストイは、通俗とも見られかねない善悪や宗教の概念を媒介として、人間の深い感情の在り処《か》は、誰がなんと言おうが厳然と存在するとしてその方角を示し、芸術を芸術という名のもとに安易に絶対化する、ディレッタンティズムの軽薄を十二分に衝いたと私は思う。自分の『アンナ・カレーニナ』も『戦争と平和』も否定しながら賢く、戦闘的に頑固に。

大学進学のとき、同級生で、一度社会に出て世間を知っていた友人が「これからは経済だ。文学部などとんでもない止せ。経済学部にしろ」と真剣に私を説いた。詩を書き、すでにロシア文学にのめりこんでいた私には、経済構造が社会の土台だという、マルクス系の教師の話を感心して聞いたものの、上部構造であろうが食えなかろうが、文学があらゆるものの頂点にあった。入学後三、四年して、大学の構内で久しぶりに会って話をした時、「やっぱり田村は文学部向きだったのだなあ」と、その友人からしんみりと言われ、嬉しく思った記憶がある。

中華人民共和国が成立した一九四九年に、仙台での学生生活が始まった。血を売り万年床で読書し、寮と大学を空腹を抱えて往復する日々であった。「未完成」、「田園」などの喫茶店は横目に入るだけのものである。四年後の卒業を待ち構えていたのは、病床、病弱、幼児を抱える七人家族の一間だけの生活だった。高校教師になり、扶養の義務を抱えた二十代に、ヴァレリーの愛読は、現実生活へのふさわしい砦となっていた。

六十年安保の年に母が死に、翌年結婚、二年後に破局。世界はやがてベトナム戦争、文化大革命に荒れ、日本は、高度経済成長政策をとる中、東京オリンピックを経、一九六八年には国民総生産、資本主義世界第二位に入り、その年に起こる大学紛争と、七十年安保を迎えようとしていた。やや身が軽くなり始め、三十歳代に入っていた。心の痛手を紛らわすために、また一方では今こそ読むべき機会だという思いで、サルトルを次々に読み、マルクスを少しずつかじっていく。解放感、自由と不安感、時代状況、サルトルもボーヴォワールも、そしてマルクスまでもさほど遠くの存在ではないような気がしていた。退職後、お礼のつもりでパリのモンパルナスの墓地を訪れ、きれいな花が供えられた、サルトルとボーヴォワールが一緒に眠る墓前で、合掌していたら、後ろで若い二人連れがジャポネとささやいていた。

「一九六八年」を迎える二、三年ほど前から、団塊の世代の教え子たちが、休みに入ると私の住居に訪れるようになる。セクトや民青のそれぞれが、党派の教義、闘争のイデオロギー、体験談を語る。夜を徹して実存主義、マルクス主義を語った。いざとなると、怖くなりゲバ棒をいち早く捨てて逃げるという話も聞く。彼らはやがて精神科医になり、大学教授・新設大学の学長になり、その中の一人は妻子を残して自死する。サルトルの実存的精神分析とのつながりで、私はたまたま、生齧りのヤスパースの『精神病理学総論』について話した。精神科医は、この時の話がきっかけで、進路を決めたと言う。ゲバ棒をいち早く捨てて逃げた一人の先はおそらく暗く、受けた精神的な傷も深かったのだろう、一歩を踏み出す道がなかった。科学的社会主義の道を選び、曲折を経て、やがて大学教授・学長になった一人の道は、ほぼ平和だったのだろう。死もさほど先のことではない私に、団塊の世代、そして明治維新のちょうど一〇〇年目に当たる「一九六八年」にこだわる理由はある。この年私は再婚した。

四十歳代に入る。三年前に新しく家庭を持った私は、科学的社会主義の准信奉者であった。歴史に法則があると思ったのである。それが政策的には、議会制民主主義と平和（社会主義陣営が、自分たちを常に平和勢力と称したのも、今思えば悲しい自己欺瞞だが）を掲げているという甘い認識もあった。実際には、むろん「議会」は「人民的議会主義」の「議会」であり、「革命」は遠い道の果てに想定されているにしろ、絶対条件であったのだが。月に一回、朝早く起き、秋田市での資本論講座に通う。ほぼ一年で十一回、名刺ほどの小さい皆勤賞をもらう。宮川実や服部文男、辻岡靖二の講義で『資本論』の一巻までを読み、講義とはこれほど楽しいものであったのかと、始めて知る。朝礼時間に食い込むストにもそのつど参加する。決断することで、家庭の平穏と世界の平和が共存していた、アンガージュマンもささやかである。その前後から退職まで、魯迅、サルトル、国吉康雄についての小論を書く。一九六六年、十月二十一日に行われた「ベトナム反戦統一スト」に向けてのコラムを書いた。そんなものしか書けなかった。

カフカばりの短編を書こうとする。結婚し、娘が産まれ、ささやかな家庭らしものができていくが、平穏な日常が幸せとかすかな不安に晒されている。綱を小道具にしてその不安を描き、結末に君が代の問題を挿入しようとしたが、無理がある。そこに政治に媚びてうろちょろしている自分の姿勢があり、それをどうにかしようと思うものの、その思惑は捨てきれない。頓挫し、小説など自分には書けないなという結論を出す。ロシア文学を頭の天辺《てっぺん》に載せた男は、十代で詩をあきらめ、生涯の半ばほどで、はやばやと、まともな評論も小説も書けないことを知る。ヴァレリーより三歳下で同じ批評家のチボーデは、書きも読みもしない、絶対的に完璧な批評家は、彼が身につけているシャツと異ならないと、「テスト氏」をやや愛情に欠けたユーモアで揶揄したが、私は私のくたびれたパンツほどもない。

君が代斉唱の問題は、現実に起こる。能力別クラス編成の提案に、そのつど反対をし、転任校ではじめてぶつかった服装検査には、教職員が慣れてしまっているのに驚き、嫌悪しながらどうにもならないなと思う。君が代斉唱が本格的に議題にのぼる。校長の意を体して理論武装をしている同僚教師らを相手に、一人で立ち向かって反論せざるをえない羽目になる。決定は出来なくても、賛否の挙手をしてもらいたいというところまで漕ぎつける。斉唱反対が過半数になる。沈黙を守る女性教員に、決定まで持っていってもらいたかったと言われるが、すでにそういう甘い状況ではなかったのだ。

私の日の丸や君が代に対する気持ちには、直接にそれが軍国主義、天皇制に結びついているということよりむしろ、それが秩序を支える権力の脆弱さを弥縫する小道具であるように感じられ、その背景に対する嫌悪があるように思われる。それと出合う時には、演出された抑圧の場に自分が立たされ、虚構のヒエラルキーに組み込まれているような居心地の悪い、不快な違和感を覚える。戦争中折々の儀礼の場で抱いた、記憶の中の感情にも通じる。

よく人は、当時の少年はみな軍国少年であったと言う。また自分はそうだったと言いたがるが、皆がみなそうであったわけではない。結構私の周辺にも、厭戦的な感情を抱いていた少年はいた。それらを当時としては心身のいずれも、もしくはそのいずれかの弱い少年だった、と見るのは安易すぎる。リベラルな家庭環境に育った日高六郎は、昭和八年、青島中学校生徒のとき、それは「絶無と言ってもい、だろうが」と記しながら、「不幸にして我が皇軍が不正の戦争を起こさんとした時、……それが国家の利益の為であろうとも……僕は之に断乎として反対する」と、学校の校友会『会誌』（第十三号）に書いている。「僕はよく国家は道徳以上の超存在だと言ふことを聞くが、断じて然らずと言ひたい」とも書いている。満洲事変後、まだ日中戦争の前とはいえ、これほどのことを公然と書いた日高は、卒業生総代だっただけに頭もよかったのだろうが、勇気のある生徒だったと思わざるをえない。

最近の私は、テレビでスポーツを見る時に、日本が勝つと単純に嬉しく思うとともに、日の丸や君が代には、いたいたしさ、あわれさ、けなげにとでも言いたくなるいささかの愛さえ感じている。そこには、近代化の過程で小さな日本の辿ってきた、歴史の負の部分も背負ったシンボルを、かなしいとも、うす汚れたとも思わざるをえない屈折した感情がある。

六十歳、退職の年にソ連は崩壊し、私は歴史を読み直すことになる。六十九歳の時、癌が見つかり、死と向き合う中で私には最も縁遠いと思われていた短歌が支えになる。それは日々の生活の喜怒哀楽にこだわり、それと付き合うことでもある。生身の感情、卑小ともいえる瑣事を言語化する行為が生きる支えになるとは、なんとヴァレリーから遠いところに迷い込んだものだろう。

一九三三年にヴァレリーは、おおよそ次のようなことを書いている。

今日、戦争が地上のあらゆる国民に、公平に惨禍をもたらす以外のなにものでもない、ということを世界は知っている。にもかかわらず、武装化への道はとどまらず、不測の暴力手段を科学から借りようともしている。不均衡と利害の対立で世界情勢は見極めがたいほど複雑だ。国際連盟は、競争と反目の政治的代表者の集まりになっている。しかし独立した自由な精神には、このような無秩序の全体を完全に消滅させることはできぬにしても、限定的なものにする可能性があるはずだ、(「『平和のための戦い』序」より田村、引用・要約)と。

それから八十年経った今日、私も窓を大きく開けて「世界」を見続けなければならない。その窓に私がまだ触れていない文学の景色も過《よ》ぎるだろう。ヴァレリーが言ったように、誰にも精神の可能性があるとすれば、その残照の下で窓を過ぎるものをきちんと見なければと思う。

本文には、ヴァレリー、サルトル、トルストイ、ドストエフスキーそれぞれの翻訳から、部分的にかなり強引にピックアップし、自分が納得するということを大前提に、文章を自分なりの用語をも取り入れて要約させてもらった箇所がかなりある。それぞれの文章の主旨、大意にはほとんど間違いがないと思うものの、翻訳された方々のお許しをえないまま、勝手に要約をしたことをお詫びしたいと思う。対談、講演以外は、ヴァレリーとマラルメについては、その原書の主要なものは手持ちにあり、肝腎な部分の確認は私なりにやったつもりである。しかし翻訳に頼ったところは大きい。以下その翻訳書の名を記し、改めて御礼とお詫びを述べたい。

ドストエフスキー『悪霊』江川卓訳（新潮社文庫）。トルストイ『芸術とはなにか』中村融訳（角川文庫）。

『スタンダール』桑原武夫、生島遼一訳。『（聖）フローベールの誘惑』中村光夫訳。『頌（プルースト）』生島遼一訳。『最後のマラルメ訪問』伊吹武彦訳。『レオナルド・ダ・ヴィンチ方法論序説』吉田健一訳。『テスト氏との一夜』小林秀雄訳。『詩についての思ひ出』朝吹三吉訳。「『平和のための戦い』序」佐藤正彰訳。以上はヴァレリー関連のもので、すべて筑摩書房発刊。

『レオナルド・ダ・ヴィンチ方法論序説』は、中島健蔵の訳では『レオナルド・ダ・ヴィンチの方法序説』（新潮社）、菅野昭正、清水徹の訳では『レオナルド・ダ・ヴィンチの方法への序説』（筑摩書房）となっている。

『文学とは何か』加藤周一、白井健三郎他訳（人文書院）。『マラルメ（一八四二―一八九八）』平井啓之訳（中央公論社）。『マラルメの現実参加』渡辺守章訳（中央公論社）。『方法の問題』平井啓之訳（人文書院）。『サルトル対談集Ⅰ・Ⅱ』（人文書院）。以上はサルトル関連。

翻訳以外での参考書籍。
木田元『哲学以前』（みすず書房）
『青島日本中學校史』（西田書店）

備考

伊藤整は『小説の認識』（岩波文庫）で、「『群像』一九五一年四月号」に掲載された、日本の一七五人の作家批評家が選んだ「最も感動した作品」の結果を紹介している。次のようなものである。

世界の文学作品では、一位『戦争と平和』、二位『アンナ・カレーニナ』、三位『カラマゾフの兄弟』、四位『復活』、五位には『罪と罰』と『赤と黒』が並び、七位には『イリアード』と『ファウスト』が並んでいる。九位には『レ・ミゼラブル』と『パルムの僧院』と『チボー家の人々』の三作品が並ぶ。

日本の文学作品では、『万葉集』と『源氏物語』が十三票で最高、次位が『暗夜行路』の十票、かなり離れた四票で『平家物語』と『渋江抽斎』と『出家とその弟子』の三作品が並び、三票で『雨月物語』、『土』、『家』、『或る女』、『夜明け前』、『蟹工船』、『雪国』の七作品が横並びになっている。

あとがき

『モオツァルトは風』の出版から八年経ち、第二歌集『二十一世紀君はしあはせか』を出すことになった。この間、トーンの異なるいくつかの、小さくない出来事が相次いで起こった。それぞれに応じて、私の心にも波長の異なる波風が立った。ここに収めた一連の歌のそれぞれのテーマ、文体、トーンが異なるのにはそういう事情がある。作られた時代順に並べてはいないので、読み手が波長の違う流れに戸惑わないよう、一応作られた時期のおおよそが分かるようにと気を配った。しかしせいぜい全体の流れを、見苦しくないように並べる程度のものにしかなっていないことだろう。素人が何年かかけて作った作品を、一挙に発表するということは、こういうことなのかもしれない。

癌の摘出手術から九年目、七十八歳、付き合いたくもない大腿骨骨折に見舞われる。それより二年後、東北を大震災が襲った。大館も停電、暗闇のなか暖房が役立たず、寒さにも襲われる。ベッドの傍らに置いていたラジオをつけると、「ロシアの声」が入る。声の一人の名がナターシャと聞こえる。ラジオをつけたつもりが、ベートーヴェンの『第九』が低く流れてくる。入れていたことを忘れていたCDからその時にふさわしい音が、地から立ち上がるように流れてきたのに驚く。二十歳代の新任当時、同職していた女性教師の姓名が、はやばやと何度も死亡情報に流れる。

一応落ち着きを取り戻したころから、『戦争と平和』のヒロイン、ナターシャの名を入れたものを始めとして何首かの短歌を作る。トルストイに批判された『第九』を取り入れて詠んだ短歌。同じくトルストイから批判されたマラルメの、作品『海の微風』——原文に一語一語当たり——に託して詠んだ短歌。宮沢賢治の『銀河鉄道の夜』を舞台にした短歌。さらに魯迅風にと勝手に解釈した短歌も入れる。これで露、独、仏、日、中が揃った。マラルメの『海の微風』は、元同僚を始め海に出て、もう帰ることのない多くの人々の御霊に献花する気持ちで詠んだ。

大震災からほぼ二か月後、弟が川崎市のスーパーで倒れる。その日から二度川崎に行き、ホテルの窓から、ゴシック風の聖堂のような建物を見る。死後、弟の遺骨を両親と次姉の眠る大館の墓園に埋葬する。以降時どき夜のベッドの中で、その建物の写真と、病床と病院の霊安室に眠る弟のそれぞれの写真を眺める。苦労をしつづけた弟の一生を思い、人間の一生を思うとき、哀しさと不思議な安らぎを覚えて眠る。今回の『二十一世紀君はしあはせか』の表紙とカバーに、ホテルの窓から来る日も来る日も眺めていたその建物の、自分で図案化したものを載せた。

医師モンドールが死を迎えようとしていたヴァレリーに、信仰を持つ人は信仰によって救われるものだろうかと訊いた時に、彼らは悪魔などに恐れを抱くが、私は自分の根本的な思想には頑くなに忠実なので、眺める壁さえあれば、それで十分だ、と答えたという。（河盛好蔵『フランス文壇史』《文藝春秋》より田村、引用・要約）

ヴァレリーはこの臨終の言葉に、彼らしい気取りやお洒落も見せ、真実の本音も語っている。壁の向こうには、彼の作品にあって、やがてそこに眠る、『海辺の墓地』が見えていたかもしれない。その墓地は、彼の生地の南仏、地中海の港町セットにある。

それが壁か、天井か、窓かは分からないが、私にもそれしかないところでの終焉は、すでに見えているような気がする。そしておそらく、誰かは分からないが、何人かの人にとっても、ヴァレリーの言葉が本当を語ったものだということが理解される、その時は来よう。私にはこの歌集がその場における別のもう一つの壁、天井、窓になるだろうという楽しみがある。

最後に、この歌集の出版に当たり、私の勝手な申し出をすべて快く受け入れてくださった、現代短歌社の道具武志氏と今泉洋子さんに御礼を申し上げるとともに、この歌集が私のだけではなく、誰かの窓とも、壁ともなってくれる日がくることを、すこしばかり楽しみにしていることを述べて、「あとがき」としたい。

二〇一三年五月五日

田村富夫

著者略歴

田村富夫（タムラトミオ）
1930年青森県に生まれ、２歳の時に一家は中国に渡る。小学校３年の時、東北部（橋頭、遼陽、李石寨、撫順を転住）から、山東省の青島市に移り、敗戦により大館に引揚げる。1953年、東北大学文学部国文科を卒業、高校教師。評論『小林秀雄の沈黙』、『江藤淳論』、他に魯迅、サルトル、国吉康雄についての小論を発表。69歳、癌の摘出、以後、短歌に親しむ。歌集『モオツァルトは風』（近代文芸社）。

歌集 二十一世紀君はしあはせか

平成25年７月25日　発行

著　者　田　村　富　夫
〒017-0804　秋田県大館市柄沢字狐台110-13
発行人　道　具　武　志
印　刷　㈱キャップス
発行所　**現代短歌社**

〒113-0033　東京都文京区本郷1-35-26
振替口座　00160-5-290969
電　　話　03（5804）7100

定価2800円（本体2667円＋税）
ISBN978-4-906846-81-8 C0092 ¥2667E